言叶之庭

The Garden of Words

[日] 新海 诚/原作
[日] 加纳新太/著
林枫/译

百花洲文艺出版社
BAIHUAZHOU LITERATURE AND ART PRESS

1

出门之前，身上已经泛起一层薄薄的湿气。化纤面料的白衬衫贴在身体上。只是走到玄关而已，皮肤就已经感受到雨的气息。

我拿起表面有点起毛的皮鞋，喷上防水喷雾，然后把脚尖伸进去，用鞋拔帮助脚跟滑入鞋中。那是一个挂在钥匙圈上的小鞋拔。用不用鞋拔，鞋的寿命将大不相同。

走出家门的前一刻，我盯着玄关的鞋柜，停住了脚步。

每到下雨天，我总会这么犹豫不决。

在如此潮湿的日子里，是该把鞋柜的门敞开还是关上呢?

假如关上了，湿气会积聚在鞋柜里;可要是敞开着，外部的湿气又会跑进去。

不知道对鞋子来说，到底哪种情况比较妥当。

爱鞋的母亲疯狂购买鞋子，塞满了家里的鞋柜。我的母亲虽然爱鞋，但不喜欢保养鞋子，所以这项任务由我来完成。鞋子买来后，用薄纸包好放进纸箱里，让它们慢慢变得干燥——光是想象这幅情景，我就兴奋不已。

母亲爱胡闹，我坐在玄关上给鞋子上鞋油时，她会蹑手蹑脚地走过来揉我的脑袋。我喜欢擦鞋，却讨厌别人像摸小狗一样揉我的头发。“把手拿开啦！”一伸手去赶她，她就会噘起嘴抱怨着“哎哟，叛逆期呀”或“鞋蜡都沾到我的手上啦”，然后自说自话道：“会帮女人把鞋摆整齐的男人没出息，不过，会帮女人擦鞋的是好男人。”

在琢磨出这种随随便便的格言之前，你倒是先把自己的鞋摆整齐吧……

其实我也试着这么和她说过，但她至今还是死性不改。

话说回来，这个世界好像不怎么能接受把擦鞋当作爱好的人。有些人会问：“鞋是要擦的吗？”这种话真是无法原谅。还有些傻瓜拿着网面运动鞋对我说：“教教我怎么擦这双鞋吧。”一个个的都没什么常识。穿着皱巴巴的衬衫就算了，扣子快掉了也罢，先把鞋子擦干净好吗？

听说人类容易被物体的末端吸引注意力，所以我们的目光常常停留在指尖、发梢、手表和眼镜的形状上，也包括鞋子。我看见费心思做了美甲的女人穿着一双布满褶皱与刮痕的皮鞋，便觉得幻灭。她的手包也很粗糙，看着十分可怜。世上有那么多热衷于教人如何做美甲的杂志和店铺，却很少有人普及如何擦鞋。

“你不觉得喜欢擦鞋挺下流的吗？”

我的朋友松本很早以前这么说过。

“你说是就是喽。”

我若无其事地答道。那家伙听得目瞪口呆，或许以为我会急着否认吧，可惜我没那么老实。你自己不也喜欢用油保养新买的平底锅吗？我想奉劝一句：在对别人说三道四之前，先改改你那不解鞋带就脱鞋的毛病吧。

最终，我没有打开鞋柜的门，径直走了出去。

转动钥匙时，锁芯发出悦耳的金属声。这种声音让我联想到给罐头加盖的工厂。在这座老旧的公团住宅（**注：过去日本住房公团面向大城市中等收入家庭提供的租赁住宅**）内，时间在此刻静止。当我回家转动钥匙时，时间便会再次流动。

我撑开透明塑料伞，往车站走去。

鞋子里的鞋垫是专业制鞋师根据我的脚型制作的，走起路来很舒服。不过，防水喷雾的效果大概只维持了三十分钟。这就是门外汉制作的鞋该有的宿命。我的这双鞋只是简单地把皮革切开后缝合而成的原始产物。

在下雨的日子里，走路就像行走在泳池边。我一边留意脚下，一边游过湿气往前走。干脆，再来一点漂白粉的气味吧。我甚至有脱衣服的冲动。一下雨，整个世界似乎都变得狭小。天空也压得很低，越发让人觉得自己被关了起来。

铺着地砖的人行道落满雨水，我好几次差点滑倒。

走进车站的检票口时，我已经皱起眉头。站在月台上，雨水顺着伞滴落下来，濡湿了裤脚。总武线电车已经减速驶入车站，之后车上基本会挤满人。

我钻进人多混杂的电车。车厢里充斥着大批乘客身上蒸腾出的湿气，这已经不是呼吸困难的问题了，简直快窒息了。陌生人的体温和雨水的气味加重了我的痛苦。好几个人的呼吸重叠在我的身上，也令人不快。就连座位旁的金属杆都蒙上了雾气，空气里甚至还微微飘散着樟脑丸的刺激性气味。

我紧皱眉头，痛苦不已。

下雨就意味着这么回事。

四月升上高中之前，我对此一无所知。我曾放言自己喜欢雨天，甚至觉得雨是好东西，能带来天空的味道。

可现在，已经感受不到什么天空的味道了。

已经是六月了，这种状况会一直持续下去。

我现在知道答案了。

在新宿下了车后本该换乘地铁，我却没有这么做。

我抬起头，越过月台的屋檐望见窄窄的一线天空。正想停下脚步，背后就有人撞了上来。对方的怒气好像幻化成了我对自己的怒气。Docomo（注：日本知名电信公司）的时钟塔像裹在烟雾中般看不真切，这幅景象看着就像云层从天而降一般。

接下来，我还要进入教室那种密闭的空间，想想就无法忍受。

我明白了。

还是应该把鞋柜打开。

我从南口出了新宿站。

一决定翘课，心情顿时就轻松了。我还真是善变。

我听着雨点敲打在透明伞上的声响，穿过氤氲的湿气，漫无目的地走着。

车站前灰色的楼群和屋顶上眼镜店的招牌都成了湿漉漉的景色，我得以安心地眺望它们。天上的云打着卷发着光，轻风吹皱了柏油路面上的积水。

街头的灯光倒映在水面上。红色和绿色的信号灯颜色鲜艳活泼，看上去像小零食一样让人嘴馋。我挺喜欢这种人工制造的颜色，仿佛会有扁弹珠从中飞散而出。心情一变，映入眼帘的万物也变了样。

那么，随便找一家咖啡馆或漫画书吧消磨一下时间好了。

这种想法在脑海里一闪而过，那一瞬间令我汗毛倒数。我都翘课了，居然还想把自己关在小房间里，开什么玩笑。

走到新宿三丁目附近时，我忽然想到一件事。

说起来，这里有一个挺大的公园。

新宿正当中有一个巨大的公园，买了门票才能进去。虽然知道这回事，但还是第一次想进去看看。

我买了门票后穿过自动闸机，来到公园外围，这里像大学校园那样冷冰冰的。顺着通往内部的小路往前走，就能到达森林区，旧时的武藏野（**注:位于日本关东地区，旧时覆盖着常绿阔叶林，后演变成原野景观，镰仓时代开始出现很多歌颂武藏野自然景色的文艺作品**）大概就是那样的景色吧。

树木浸过雨水后散发出清香，令我心情愉悦。透过塑料伞望向天空，密集的枝叶编织成天花板。大大的水滴不时落在塑料伞上，发出啪啦啪啦的声响。

我穿过森林。

视野一下子变得开阔，面前出现广大的草坪。

由于下着雨，草坪上既没有一家老小，也没有成对的情侣，感觉很清爽。我满心愉快地信步其中，没有与谁擦肩而过，除我以外见不到一个人影。用一整块皮缝成的鞋已经湿透，不过我丝毫没有在意。

透明伞上方是布满雨云的天空，广阔而美妙。

伴随着雨滴在青草上跳跃的声音，我接连走过几座横跨在小河上的桥，来到日式庭园区。雨滴压弯了枫树的枝叶，一座小小的凉亭藏在其中。它有屋顶没有墙壁，与其说是休息的场所，不如说更像一座秘密基地。里面还摆放着呈L形的长木椅。

我收起伞坐下来，深深地吸了一口气，感受到身体各处的疲倦。脱下鞋后，一一用力甩出里头的水，再竖着靠在长椅腿上。我将光着的脚跟紧贴地砖，腿伸得笔直，背靠长椅闭上了眼睛。听着耳畔雨滴的杂音，我陷入思考。

周围没有一个人，真不错呢。

会这么想，多少让我有点吃惊，但很快就想通了。

原来如此，我是渴望独处啊。

无论是去上学还是走在街上，任何时候都有熙熙攘攘的人群。这种情况也是理所当然，但现在的我无力应对。

太累了。

谁都不时会有这种情绪吧。不可思议的是，大家居然能忍受这种人口密度，泰然处之。据说很多人不喜欢独自一人吃饭，我真是搞不懂，为什么非得找人陪自己吃饭呢？为什么没想过要多留一点时间独处呢？

我已经读了十年书，可学校这种地方实在过分夸大了集体活动的意义。

仔细想想，简直太蠢了。

所谓的集体，真的太无聊了。所谓的集体，到底指的是什么。

我想更任性一点。

可情况不允许这样，毕竟现在我还无法独自生活。到底得如何忍耐，到底要怎样努力，才能永远不受人指使，过上随心所欲的生活呢？

在我漫无边际地思考着这些问题时，睡意渐渐袭来。半梦半醒之间，我感觉夹杂着湿气的风好像巨型动物的吐息，一次次地扫过身边。这种感触让人快乐。雨滴的声响保持在一定的音调上，形成一扇声音的屏障，遮挡了其他杂音。

啊啊，好幸福。

仿佛世上只剩自己一人，这段时光着实叫人喜欢。看来，我在不知不觉中积累了太多疲劳。多么希望这段时间能永远持续下去。阴沉的天空也好，雨滴的声音也好，空无一人的庭园也好，我想一直这么独占它们。

可忽然睁开眼后，我发现雨不知何时已经停了，云也散开，云缝中甚至透出阳光，人们的笑声从远处传来。我的休息时间就这么转瞬即逝。无可奈何之下，我决定去学校上下午的课。要是高中毕不了业，那就真是寸步难行了。

2

我在中午之前到了学校。

第四节课还没下课，校园里静悄悄的。我转了个身，先去正门前的面包房买了一个香肠面包、一个包着鸡蛋的圆面包和一盒咖啡牛奶，然后来到学校的中庭，坐在花坛前的长椅上一边晒太阳一边吃早中饭。

幸好能优雅地享受午餐时间，不受打扰。

一想到学校里的那群人此刻被约束在狭窄教室的狭小书桌旁死板地思考问题，我就不免觉得有些愉快。那么多人像挤在罐头里似的一起待在教室里听课，就好像排队吃拉面一样。总觉得在品尝美味拉面的同时，要被迫付出比金钱更重要的东西。

这时，我突然想起胜男，小学时我们曾经好几次同班。

他和《海螺小姐》(**注：日本漫画家长谷川町子于1946年发表的四格漫画，多次改编成动画、真人戏剧、舞台剧等衍生作品**)里的那个少年同名，脾性令人捉摸不透。上课时，他经常突然站起来，刷刷地拉开教室的后门跑出去。他还会把自己关进收纳清洁用具的柜子里半天不出来，或是扯碎笔记本的纸页吃进肚里。

老师自然是竭力喝止，说着“快回到座位上”或“住手”什么的。

听到这些话后，他会露出疑惑不解的表情，反问道：“为什么呀？”

老师们会怒气冲冲地告诉他：“上课时间就该好好听讲！”“人不能跑到柜子里！”于是，胜男不明所以，陷入了沉默。每当出现这种沉默，我都会感到浑身不自在。

老师们的话里既没说明白上课时间只能听讲的原因，也没说清楚为什么柜子造出来不是给人这么用的，为什么绝对不能钻进去。胜男想知道的应该是这些问题的答案吧，但老师们从来没有就此给出回答。我们（或许只有我）能敏锐地捕捉到，大人们试图提高音量来掩饰自己无法作答时的窘迫，而这也让我如坐针毡。

不知胜男现在怎么样了。升上初中后，大家就各奔东西了，我没有他的消息也不知道近况。事到如今想起他来，我倒还有点怀念。当时觉得他很烦，现在一想，他好像长得还不错。

下课铃响了，我走进教学楼，把书包塞进走廊里的个人储物柜。松本隆史恰好看到我，便过来打招呼：

“你没有在家休息吗？”

“嗯，算是休息了吧。”

“什么意思？”

“找我有事吗？”

“我忘记带课本了，想找你借来着，结果你一早上都没来嘛。拜你所赐，我借课本借得好苦啊。你说怎么赔我吧。”

“你是自作自受吧。”

“去看病了吗？”

“没有。一思考人生，我就冲动地踏上了说走就走的旅途。”

松本一脸嫌弃地说道：

“你还是去看看病比较好哦。”

我用肩膀顶了他一下，他顶了回来。这时，佐藤弘美走过来问我：“怎么了，秋月，生病了吗？”她是二年级的学生，来这层楼应该没什么事。也就是说，她是来约松本吃午饭的。他们在入春时开始交往了。

“不是，这家伙翘了一上午的课。”

“厉害啊，不良少年。”

“只是翘了几节课就叫不良少年吗？”

我只是偶尔会翘半天课，可听不惯别人叫我不良少年。把我和那些吊儿郎当的家伙相提并论，别提多别扭了。

“秋月，要和我们一起吃饭吗？”

“不了，我已经吃过了。”

“什么嘛，没劲。”

“我可不做电灯泡，请享受二人世界吧。”

“那你放学后有空吗？”

松本这么一问后，我小心地答道：

“有是有，看你有什么事吧。”

“要不要一起去吃拉面？”

“拉面……”

不祥的预感涌上心头，于是我先抢着说道：

“要排队的话我可不吃。”

“不用。昨天电视里介绍了好多超难吃的拉面店，我们打算一家家吃过来呢。”

“我说，我们三个一起去嘛……”

“行吧……”

行是行，可为什么你们不自己去呢？

拉面并没有那么难吃。这家店以难吃出名，甚至电视台都来采访，但其实店里有不少客人。味道确实比较传统，但还算能入口。四百五十日元能吃上这么一碗，我没什么好抱怨的。大概是这家店几十年如一日坚守同一口味同一价格，招来了某些人的误解吧。

“电视节目嘛，总是动不动就夸大其词。”

明明是他叫我过来的，松本说这句话时却一脸得意，我差点喷出一口面。

而佐藤弘美更是连汤都喝得干干净净，还故意感叹道：

“啊，我还在长身体呀……”

她看起来那么瘦，没想到还真能吃啊。

话说，撮合他们两个的不是别人，正是我，所以他们才经常叫上我。松本是我初中时的朋友，至于佐藤弘美呢，中考前我曾来这里踩点，在校园里问路时认识了她，当时她还在读高一。

入学后，我尝试撮合了他们。之后三人一起碰面时，他们已经开始交往，进展之快简直恐怖。就像闪电结婚那样，他们闪电交往了。

“嘿嘿嘿，厉害吧。”

松本有点害羞地自夸道。我只是哑口无言。还没多了解对方呢，两人怎么这么快就缩短了距离？我可做不到。

“对了，我早就想说了，你穿的鞋挺特别啊，好可爱。”

“啊，你说这个啊。”我抬起脚给佐藤弘美看，“这种鞋叫莫卡辛，是用一整块皮革切割缝合起来的，算是最简单的鞋了，听说是北美土著居民所穿的款式。”

“这家伙会自己做鞋哦。”松本指了指我。

“咦，真的？这是你自己做的？”

“算是吧。”

“太厉害了。能不能给我做一双鞋啊，比如可爱的靴子？”

听她这么一说后，我笑了出来。听说我会做鞋后，女生大都会嚷着让我做一双鞋，也不知道话里带了几分真心。

“不好意思，我的手艺还不够纯熟，没法给别人做鞋。可爱的靴子我也做不来。”

“这样啊。我现在的靴子都是划痕，还挺想要一双新的。”

“你只是没有好好地保养吧？”我皱起眉头，“该不会皮革也是干巴巴的吧？”

“嗯。”

“那就上点鞋油嘛，又能遮盖划痕，还能形成保护膜防止划伤。”

“可我不知道怎么涂嘛。”

“问问你爸爸吧。”

“我爸爸才不会教我这种事呢。”

这时，松本突然开口：

“我们现在就去他的家里，让他给我们开一个擦鞋讲座吧。”

“什么？”

“教教弘美嘛。”松本接着小声地补充了一句，“要是她生日时缠着我要超贵的鞋，那可就完蛋了，求你啦。”

3

我打开公团住宅房的铁门，不用说，屋里和早上锁门的时候毫无二致。

我和哥哥共用一个房间，里面铺着榻榻米，中间姑且以小屏风隔开。把屏风搬到一边后，我、松本和佐藤弘美席地而坐。我找出备用的擦鞋工具递给她，并将自己要用的工具放在手边，松本就在一旁观摩。

"首先，如果你有旧T恤，可以剪成十厘米见方的大小备用。丝袜也可以，勾了丝的那种不用扔掉，可以拿来擦鞋。"

"从这里开始就有点那啥了，该说是色情吗？"

"就你话多。"我让松本闭上嘴，继续说道，"此外需要准备两个鞋刷、去污剂和鞋油。有了这些，我们就可以擦鞋了。鞋刷在均价商店里就能买到，其他的可以去鞋店或东急HANDS（**注：日本知名家居日常用品连锁店，从生活用品到文具杂货一应俱全**）买。"

"那个去污剂是什么东西？"佐藤弘美问。

"是用来清除污垢或以前涂上的鞋油的。和化妆一样，鞋油基本就是擦了涂涂了擦。"

"这个说法真好懂。"

“说起鞋油，黑皮鞋就用黑色的，茶色皮鞋就用茶色的，其他用无色的就可以了。”

“哦。”

“首先用鞋刷把鞋整体刷一遍，去掉灰尘。”

我拿起自己的皮鞋实际演示给她看，她则拿起平时上学穿的皮鞋跟着做。

“啊，不是那个，是这个刷子。用没沾过鞋油的鞋刷去刷。”

“还要分开用？”

“除尘和刷鞋油的刷子必须分开，不然除尘时会沾上不必要的鞋油。”

“哦，原来如此。”

“接下来，把T恤的布头卷在右手食指上，用指尖轻轻蘸点水，隔着布沾点鞋油。一只鞋的用量大概是三颗米粒大小。在鞋的各处都点上一点，尽可能用少量的鞋油涂满整只鞋，这样最好了。”

“不能化浓妆吗？”

“正是。据说皮革会通过纤维间的缝隙进行呼吸，涂得太厚会窒息的。然后，把鞋油均匀抹开。”

“嗯……抹是抹了，这……”

“怎么了？”

“鞋都花了，看上去好脏……”

“啊，现阶段这样是没问题的。总之，涂满整只鞋就行了。完成之后，接下来……”

“等等，我还没弄好。”

“要是一开始鞋油不够用，可以再加一点。”

我等着她，本来想先把她的另一只鞋处理好，但很快就放弃了这个想法。怎么说呢，那样做似乎过分入侵了女生的私人领域。话说回来，我和松本的交情也没有好到会帮他擦鞋的地步就是了。

“哈，刷完啦……”

“嗯。接下来保持这个状态放置一小时，鞋油里的油脂就会渗入皮革。不过今天不等了，我们继续下一步。”

“好的。”

“接着我们换另一只刷子，专门用来抹匀鞋油的。用它快速地刷遍整个鞋子。”

“这样？”

“再快点，必须让它摩擦发热。”

“这样吗？”

“就是那样，你注意看着。”

“哇哦……”

佐藤弘美看着自己的鞋发出感叹。原本只是一双随处可见的春田牌乐福鞋，现在却泛着漂亮的黑色光泽。我非常明白亲手将鞋擦出光泽时的感动。

“好棒啊，划痕基本看不见了呢。”

“如果想好好擦，流程还得更细致一些。不过，刚才的方法基本可以应付所有皮鞋了。擦擦你那满是划痕的靴子，让它闪闪发光吧。下次再擦的时候，记得先抹掉之前的鞋油。”

“嗯，谢啦。”

松本突然插了一句：

“我说啊，鞋店里有些鞋不是鞋尖锃亮吗？”

“啊，你说那种啊，用鞋蜡填满皮革纤维就行了。”

“怎么弄的？我就想知道这个。”

“要是只有鞋尖锃亮，其他部分脏兮兮的，那可是土气得很。”

“别藏着掖着了，快告诉我啊。”

“那好吧，你们就当在看街头戏法。”

我从工具箱里拿出一罐奇异果牌鞋蜡，用布蘸了一点后开始给鞋尖上蜡。

“鞋油和鞋蜡不是同一种东西吗？”

“鞋油是油脂和蜡的混合物，鞋蜡纯粹是蜡。油脂是用来保湿的，要发亮就得靠蜡。”

“哦。”

“要花点时间。”

我把沾湿的布头卷在手指上，开始擦拭鞋上抹了鞋蜡的部分。与其说是擦拭，不如说是借着水在表面反复揉抚吧。动作快而幅度小，只在鞋尖上不停地来回。

“完全不会发亮啊。”

“所以说要花点时间，我准备擦上五分钟，但有时需要更久。”

“我能去看一下电视吗？”

“揍你哦。”

松本从我哥哥的书架上拿出CD，放进哥哥那台老旧的播放机里，按下开始的按钮。喇叭里流泻出名不见经传的小众乐队的歌曲，不知是瑞典还是哪里的摇滚乐。别说歌词了，松本恐怕连歌名都理解不了，却从头开始一首接一首听得津津有味。不知什么时候起，我擦鞋的频率合上了歌曲的节奏。

“哦……来了。”

在擦拭鞋蜡的过程中，有一瞬间手感发生了变化。摩擦感消失了，动作突然变得轻巧。我就是在等这个瞬间。

“瞧，成了。”

我把鞋递给松本。他和佐藤一起凑过脸来，盯着鞋尖看。这两个人的感情真不错啊。

“哦，这个，就是这样。”

“太棒啦，能映照出人的脸。”

“毕竟这样已经接近镜面抛光了。鞋尖容易受损，要用这种方法来保护。干这个太累了，所以我很少动手。好吧，我已经累坏了。”

“得花钱才能擦成这样吧？”

“不用啊。只要知道方法，谁都能擦成这样。帝国酒店的擦鞋服务，那才叫厉害呢。”

“我从没见过我爸爸这么擦鞋呢。秋月，你是怎么知道这些的？”

“我说了……是我爸教我的啦。”

我一边说一边回想起过去的事，整个人有点恍惚。

很长一段时间，父亲的鞋都是我擦的。他说，男人就应该学会擦鞋，所以教我们兄弟俩擦鞋的方法。哥哥对此没有表现出丝毫兴趣，给父亲擦鞋的任务自然而然就落到了我的肩上。父亲给母亲擦鞋，而我给父亲擦鞋。这么想来，这样分工还真是奇妙。

这样的父亲和母亲在一张绿色的纸上签名后提交给办事机关，成了法律上的陌生人。这种事在世上倒也不少见。

对当时还是初中生的我来说，这当然是巨大的打击，但父母离婚究竟是怎么回事，哪怕我知道那个概念，也弄不清实质。

以那天为分界，我发现父亲的鞋一双不剩地从鞋柜里消失了。那一刻，我才隐约感觉到他们真的离婚了。

4

据说下雨天会睡不好是气压低的缘故，没准这是真的。雨天的早晨，睁开眼睛之前会轻微地感到头痛，我便知道又下雨了。起床的时候，会有一种摆脱沉重空气的黏滞感。

闹钟大概是哥哥按掉的。

懒觉睡得正是时候。

现在还没到非得拼上小命才能赶上第一节课的地步，但我没有干劲。

我呆呆地望向映着灰色天空的窗玻璃，雨水一次次冲刷着它。看了一会儿后，我不得不起身。

我挠着头发走进厨房。哥哥穿着西服，正巧要出门。

哥哥喜欢有色衬衫和棕色西服的搭配，我却总觉得不太顺眼。这么说来，父亲以前好像说过，棕褐色的西服用于个人场合，并不正式。

“学生可真好啊，想迟到就迟到，想旷课就旷课。”

哥哥突然来了这么一句。

“你自己高中时不也是一天到晚翘课吗？”

“话是这么说没错。”

“劝你换成深蓝色或灰色的西服吧。”

“别和老爸说一样的话。”

哥哥看起来有点愠怒，之后便出门上班了。

只剩一人时，雨声突然窜进耳中。我穿着睡衣坐在厨房的椅子上，又发了一会儿呆。

——一点也不想去上学啊。

我这么想着。

——母亲有没有好好地过日子呢？

这个问题在我的脑中飘来飘去。

我听见雨点掉落在阳台上的声音。

整个脑袋仿佛浸透了雨水。

世上的家庭主妇或全职丈夫，是怎么度过这种不可名状的静默时间的？

——要不去浅草吧。

这么一想后，我稍微打起精神来。

东京台东区的浅草是日本制鞋师的麦加圣地，但这件事鲜为人知。在那里，制鞋材料店鳞次栉比。无论是买皮革还是找工具，大家都会先去浅草瞧瞧。

对了，做一双新鞋吧。

脑海中冒出这个念头时，一股活力顿时涌了上来。

我去了卫生间，用香皂仔细地洗了脸，将翘起的头发捋顺，换上校服。

打开鞋柜的门。

穿上自己做的莫卡辛。

轻轻地关上玄关的铁门后，用钥匙把屋子封印起来。

直至我再回到这里，这个家始终都会静悄悄的吧。我想象着这份寂静，心里突然有点躁动。

我记得好像有这样一个童话，说的是夜深人静时一群小人儿做鞋的故事。

要是家里没人时，也有这么一群奇妙的小人儿出来嬉闹就好了。可我又是为什么会冒出这种念头呢？

结果，我没能抵达浅草。

挤在沙丁鱼罐头般的车厢里，我无法忍受他人的吐息，便不管三七二十一跳下车，没想到和昨天一样到了新宿站。看来我的生理承受能力到这里算是极限了。

我走出东口，透过透明伞仰望灰蒙蒙的天空。感觉下着雨的天空确实比平时要低。不知是不是大家都撑着伞的缘故，路上的行人不多，但总觉得很拥挤。

好吧，这么看来，这种深陷于人群之中的状况还真是糟糕。我想去尽可能没人的地方透透气，但在新宿附近很难如愿。途经好几家大马路边上的咖啡馆时，我在外头张望了两眼。由于下雨，里面几乎坐满了人。

结果，我又迈进了那座巨大的公园。

空无一人的广阔庭园几乎被我独占了。

我撑着廉价的透明塑料伞，慢悠悠地绕着日式庭园区逛了一圈。透明伞不会遮住景色，颇为便利。

展望台建造得颇有台湾风格，上面有几名游客，于是我避开它，在不远处的小凉亭里坐了下来。结果，还是和上回一样来到了同一个地方。

放下伞和书包后，疲惫感便开始侵袭全身。我自然而然地闭上了眼睛。

雨点敲打在屋顶上，以单调的节奏发出声响，我沉入了意识的深渊。

就这样，我开始昏昏沉沉，在半梦半醒之间思考起许多事情。

比如，搞不好我其实很讨厌人，忍受不了狭小空间里挤着大量人群的状况。读初中时还不是这样，最近容忍度越来越低了。

听说有些人在人多的环境里会陷入恐慌，我的情况还不太一样，所以说出去只会被当成矫情。

而有些人却相反，或是无法忍受独自吃饭的状况，或是身边无人陪伴就支撑不下去，抑或是患有孤独恐惧症。我在这些方面倒是没问题，无论时间长短，都可以安安静静地一个人待着。

哪怕叫我在太空站之类的地方独自待上半年，我大概也能轻松应对吧。

我在梦里想象自己独自坐在灰色墙壁围成的人造空间里，似乎也没什么问题。

会产生这种联想，或许是因为那灰色的天空吧。

下雨的日子里，天空像一个罩子盖下来，打个比方的话，世间就像巨蛋球场一样。没错，巨蛋球场的穹顶就是不会下雨但一整年都阴沉沉的天空。

我想象了一下孤身一人躺在空旷的巨蛋球场正中央的情景。这种幻想可真是令人愉快。世界之广，尽在此间——没想到这种局限性这么让人心动。

现在云层形成巨蛋笼罩着凉亭，而我正身处凉亭的屋檐之下，四面围绕着森林筑成的墙壁。

就像俄罗斯套娃似的包裹着好几层外壳。

有一天我会不会无法忍受这种状况呢？会不会厌恶被云层笼罩着的有限空间，希望逃到云层之外呢？

现在我暂时无法想象那一刻，如果这种情绪真的到来了……

逃出去之后，我又会做什么？

我想做什么？

我的脑海里浮现出自己削好木质鞋楦包上皮革，制作皮鞋时的身影。

云层的另一边是空无一物的天际，我只是行走着，停下来制鞋，然后穿上鞋继续行走。我想象着这周而复始的情景。

还真是痛快。

我就这样坐在凉亭的长椅上睡着了，醒来时感到神清气爽。

从那以后，我养成了一个习惯。每当情绪郁结，我都会来到大都市正中心的这座公园，一个人发发呆。

只是，仅有一次，我觉得自己失策了。

那天算是传统意义上的五月晴天（**注：梅雨季节里放晴的日子**），是一个万里无云的日子。我翘课去了公园，没想到那里和雨天时完全不一样。

公园里呈现出一派休闲场所的典型光景。

广阔的草坪上，又是铺着野餐布的一群人，又是打着排球的大学生，还有好多情侣，几座凉亭里或多或少都有几个人。

面对这些陌生人，我的心里涌起了憎恶之情。

原因却不得而知。

可我就是感到不快。

我烦闷得不行，很快就离开了。

晴天里决不能来这里。

就这样，我开始习惯只在雨天光顾这座公园。这样过了几次之后，某一天，那座熟悉的凉亭里出现了一个女子。

5

那是六月上旬的一个星期二，时间将近上午十点。新闻里说，今年九州地区入梅比往年晚了五天。

——梅雨啊……这可麻烦了，我将有一阵子不去上学了。

我在心里这么胡扯了一句，实在没有心情冒雨去上学。

之后好一阵子都会下雨，不如买一张一年内有效的通用门票吧。我一边这么想着，一边穿过公园的入口。沉重的金属杆拦在门口，被我用大腿一推后，发出钝重的响声。听说这座公园挺有来头，连进出管理都有别于其他地方。

我快步走过森林的小道，跨过池上的小桥，慢慢接近心仪的那座凉亭。

想舒舒服服地把自己往熟悉的长椅上一扔，可是……

我停住了脚步。

有一个女子正坐在那里喝啤酒。

她很年轻，我不怎么会猜年龄，看上去在二十四到二十六岁之间。她穿着白色的西服西裤，虽然不知道是什么牌子，但一眼就能看出价格不菲。那身衣服像刚从洗衣店里拿回来似的，没有一道褶皱。她留着短短的波波头，看来是一名职业女性。

说实话，当时我内心想的是：真碍事啊。

这么想应该不会遭天谴吧，毕竟为了找一个没人的地方，我特地花钱来到这里，而且对方还一大早就在喝酒。要是被她缠上可就糟了。看得出她并不是从昨晚一直喝到现在，可这反倒让人觉得莫名其妙，因而心里有些发毛。

那个女子……望了我一眼。

我心想完了，到了这个份上，也无法逃去别的凉亭了。我不情愿地收起伞，坐在L形长椅的一角。女子稍稍起身，往旁边挪了挪，留出觉得适合彼此的距离，继续喝着看似不怎么好喝的啤酒。

我则交叉双腿，把手肘放在靠背上，不满地眺望着眼前的雨景。

这样不就和坐电车时一样了吗？

就算闭上眼也睡不着，我只好仔细地看着眼前的种种景色。

不过，仔细一看才发现，从这里望出去的景色真不赖。

应该说，风景如诗如画。

说是下雨，也只是薄薄的雨从薄薄的云层中落下来。我能感受到云层之上太阳的气息。

细细的雨丝像雾一样盘踞在地上，感觉有光亮从中流泻而出。氤氲的光芒仿佛随着大气在缓缓地流动。

地上的积水反射着天上的光芒。

雨水挂在树叶上，沉甸甸的枫树枝饱含水分，悠悠地摆动着。

对了，第一次来这里的时候，我就觉得这棵枫树很美。

长势真好。

我从书包里拿出笔记本，用铅笔轻巧地描绘着摇曳的枫树枝。我还算会画画。比起用手机拍照，用手绘的方式更能将那一瞬间的情绪一起记录下来。

树影婆娑，余光里，女子交叉着的腿也慢慢地晃着。忽然，我的注意力被吸引过去。

她穿着一双好鞋。

不细看也能立即知道这一点。那是一双接近黑色的焦茶色正装皮鞋，既高级，又保养得很好。她应该在雨中走过路，却几乎没沾上什么污迹，也没有水痕。经过细心保养的皮鞋不会那么容易弄脏。

要么是手艺相当的擦鞋师傅的杰作，要么就是她自己满怀怨念擦鞋的结果。从那身十分挺括的西服来看，也可能是后者。若真是如此，那是够厉害的。

不知不觉间，我的手开始动起来，画着虚构的女式皮鞋。要说不是被她触发了灵感，那恐怕是骗人的。

鞋尖是直条纹的，脚踝处有绑带，脚后跟是另一种颜色，鞋跟则有点高度。

画到这里，我觉得不够尽兴，又试着加上了枫叶形状的装饰。这样的话，交叉双腿晃动时，枫叶也会跟着摆动。

一开始下笔只是无意的，但我很快就沉迷进去。

光线透过枫树枝变成亮绿色，开始投射在我的笔记本上。雨好像停了。

我抬起头，看到挂着雨滴的枫叶在阳光下闪烁着淡绿色的光芒。

我很想用铅笔记录下这幅光景，却怎么也画不好。要描绘光真是一件难事。我一急，拿起橡皮便开始擦。

“啊。”

手一滑，橡皮就掉了。

它在地上弹了一下，被一只白皙的手接住了。

“给。”

女子稍稍直起身，递了过来。

“啊，对不起……”

我弓着背站起来，接过了橡皮。

见女子坐回原位，我也坐了下来。

沉默的时间又在继续。

我低头看着空白的笔记本，总觉得心里有什么被牵动着。就像一时想不起别人的名字那样，这种因记忆突然堵塞引起的不快感一直萦绕在脑际。

那是因为接过橡皮的时候，我看见了女子的脸。过了很久我才意识到，原因就在这里。

我条件反射似的开口：

“不好意思……”

“咦？”

女子抬起头。

“我们是不是在哪里见过？”

“没有吧。”

“抱歉，我认错人了……”

“没事。”

我们的交谈就像英语对话的范例，待结束之后，四周再次变得静默。

我很快就后悔了。不经大脑就搭话，和老套的搭讪没什么两样吧。我还是不该坐在有人的地方。我满怀羞耻，开始在笔记本上涂画毫无意义的几何图形。铅笔划过的声响在一片静寂中尤其刺耳，从有点距离的地方传来了啤酒滑过喉咙的声音，远处的空中隐约响起雷声。风吹拂而过，枫树枝上的水滴一齐落下，砸出一阵声响。

莫名的压力从旁而来。

女子把空罐放在长椅上时发出了响声。我知道她正探出身子看着我。

为什么呢？

雨已经停了，天空传来细小的雷声。

我听见女子说：

“或许见过呢。”

“咦？”

我抬起头。女子的脸在逆光中只剩剪影，看不清是什么表情。

“雷神小动——”

她拿起支在长椅上的伞，站起身来。

“刺云雨零耶——”

她撑开了红伞。

“君将留……”

女子这么说着，迈步离开。她的脚步迈得很开，干脆麻利，看上去心情很好。那个把伞搁在肩上的背影一次也没有回头。

我看见远方舞动着飞龙一般的小闪电。

女子的身影完全消失后，我终于从紧张中解脱出来，深深地叹了一口气。

她念叨的是什么呀？

意味深长。

非常诡异。

过了好一会儿，我才意识到，她搞不好是一个大美人。

虽然从自己嘴里说出来挺不好意思的，但我真的非常迟钝，要花很长时间才能意识到这种事。

从看见脸到反应过来她是美人，这之间会有时间差。

反正我没有兴趣要别人的联系方式，这一点倒是无所谓，不过最后那几句听似谜语的话到底是什么呢？

从五七调的格式来看，大概是短歌之类的吧。真想说什么的话，直说不就好了？

我把听到的那几句短歌记在笔记本上，因为只听了一遍，对有些地方的印象比较模糊。好不容易留在耳朵里的只剩几个词语。开头那个“雷神”，我还是记得的，还有就是“阴”或“雨”吧。

总之，和今天的天气有关。

说起来，过去的平安贵族常会根据当下咏上一段应景的和歌，以此展现才气。没想到现代还有人这么做，是有多老古董啊。很不巧，我不具备相应的教养，只有发呆的份儿。

这个女子虽然长得漂亮，但很奇怪。

这是我最直接的第一印象。

总而言之，这就是身份不明的“雨女”与我的第一次碰面。

6

我在中午前赶到学校，下午三点左右准备回家的时候，在门口换鞋处遇到了松本隆史。

“你又忙着去拯救地球了吗？”

“你又想向我借什么？”

“伊藤可是气得要死呢，说要是急急忙忙跑来，就算迟到也罢了，你倒好，压根就打算迟到，优哉游哉地过来，真是太不可爱了。”

他说的伊藤是我们那个凶神恶煞的体育老师。

“可爱啊……”

用可不可爱来评价人还觉得理所应当，明显是脑子里缺根弦。

我在正门和松本道别，坐上巴士，去离家稍远的产地直销超市采购。抱着购物袋回到空无一人的家后，我整顿了冰箱，把哥哥忘记喝完的茶饮和过期的火腿、培根、鱼糕一起扔掉，再把推到里头的酸奶饮料和没用完的沾面调料倒进厨房的水槽里冲走。家里的那两位似乎觉得冰箱能把食品保存到天荒地老。

我用除菌湿巾把冰箱内部擦拭干净，开始往里塞进新买的东西。鸡蛋放在蛋格里，蔬菜放进蔬菜柜，大块鸡肉则放进冷冻室。

整理完这些后，我稍稍松了一口气，至少不用担心梅雨时节食物腐坏，导致大家生病了。自从和母亲一起生活，我就迫切地希望能由自己来管理冰箱。

我打开电视充当背景音乐，开始准备晚饭，在简易的砥石上仔细地磨了菜刀，接着切蔬菜。再也没有比用钝刀切番茄更令人不愉快的事了。刚买来的桃太郎番茄鲜红鲜红的，切成番茄片后，我又斜着刀把黄瓜切成丝，再把苦瓜从中间剖开，挖去籽，然后切成薄片焯水。

处理完后，我用抹布把菜刀和案板擦干净。干得上手了，我还哼起歌来。

我拿出鲣鱼汤包做了简单的高汤，还切了鸡肉，加少许盐炖煮。我把醋和酱油倒入冷却了的高汤里调味，这时玄关传来用钥匙开门的声音。除了我，会回到这个家的只有哥哥。

先是传来脚步声，然后是把塑料袋放在餐桌上的声响。

“我买了可乐饼。”

“哦，晚饭快好了。”

“今天吃什么？”

我一边烧水一边回答：“中华冷面，只要下个面就好了。”

“那能多喝两杯啦。”哥哥拉开冰箱门，一边拿出啤酒一边问，“老妈怎么样了？”

我答道：“没回来，还在离家出走。”

“那我们把可乐饼分了吧。”

“她留了字条叫我们别去找她，真的不要紧吗？”

“她又不是小孩子，别管她，反正和男友吵架了又会回来了。”

我在心里琢磨着到时谁会先回来，是和男友吵架的母亲还是和女友吵架的哥哥呢？

前几天，母亲喝了一会儿闷酒后突然说狠话：

“够了！那我也去和男友住！”

隔天她便离家出走了，去了比她小十二岁的男友的公寓，至今还没回来。

听他们的对话，似乎是哥哥要搬去和女友同居，惹她不开心了。

哥哥吃着冷面说道：

“我找好房子了。”

“在哪里？”

“文京区。”

“是个好地方。”

“下个月就搬出去。”

我听后随口应了一声，想起了母亲。

那个人因为家里的长子说要搬出去就闹起别扭，像是抗议般离家出走了。

要说她是心理上还没从孩子那里“断奶”也就算了，但她的离家出走或许和当初父亲的离家有一定关系。

他们为什么要离婚呢？这个问题太过敏感，我至今都不敢触及。

反正我只知道，似乎不是因为其中一方出轨了。

再说了，我也没结过婚。关于离婚是怎么回事，早就超出我这个高中生的想象了。

只不过，即便双方是协议离婚，对当事人来说仍然是重创吧，这一点我还是明白的。我知道家里少了一个人意味着什么。

从这一点来看，“你要是想丢下我，我就自己走”这种话也不是说不通吧……

——可被他们丢下的次子又该怎么办啊，喂！

一拍脑门破罐破摔可真像母亲干得出来的事。不过，想想放任她不管就会没事了，也算是好事。

要是哥哥搬出去了，房子就成了我一个人的地盘。出生以来第一次有机会独居，我多少有点期待，反正所有家务我都能干，还真想试试一个人能把家维持到什么地步呢。

不如说，母亲做家务的能力才令人担忧。我能想象出她在男友的家里有气无力又游手好闲的样子，不禁想苦笑。

“她看起来不显老呢……”

我嘀咕道。不知是不是装嫩的缘故，虽然关系不长久，但她从来不缺男友。

“她没吃过苦，当然显得年轻了。你都替她变老了吧。”

“那洗衣服的任务就交给你了。”我接了哥哥的话茬，站起身来，“为了不让我继续老下去，拜托你分摊家务啦。”

我回到和哥哥共用的日式房间里，在台灯下削起鞋楦来。这是制鞋的模具。要完成一双定制鞋，必须为鞋的主人制作准确的鞋楦。

我正在做自己的鞋楦，原本应该用木头来做，但对现在的我来说，难度还是太大了。

所幸市面上有现成的鞋楦，制鞋材料店就有出售。那种鞋楦是为了适应批量生产而制造出来的树脂制品，基本符合大多数人的脚型，各方面尺码都比较均衡。我买回来后糊上了石膏。为了符合自己的脚型，我都会用锉刀磨一磨，或是重新糊上石膏。

为自己的脚制作定制品是一项令人愉快的工作。

打磨石膏的时候，我的意识渐渐被触摸到的细节部分吸引过去，仿佛自己已经消失，只剩下感知那些凹凸时拥有的纯粹感觉。我时而回过神来，时而沉迷于细节之中，好似波浪一般反反复复。

把自己的脚拿在手里端详时，有种奇妙的感觉。我们每天都在用它，却很少有机会仔细地看看它。

我盯着鞋楦的底部看了一会儿，看得自己的脚底都有点发痒了。

手和脚——

当四肢的尾端搭在一起时，我觉得自己仿佛变成了一个圆环。这种自我圆满的体验新鲜而美好。用自己的脚走路，再用自己的手为那双脚做鞋。真是一个圆满而美丽的小宇宙。这大概就是我一直在追求的东西。

哥哥洗完澡后，拉开玻璃移门走了进来。

“我搬走以后，房间就宽敞了，开心吧？”

“还行吧。”我答道。

“搬家的时候来帮帮忙。”

“你不找搬家公司吗？”

“只有我一个人的东西嘛。衣服、书、书架，只有这些，租一辆轻型卡车就够了。”

“总觉得打包比搬家更辛苦。”

“靠你了。”

“嗯。”

说完这些后，我又回到做鞋楦的那个自我圆满的世界里。可是，才刚和别人说完话，一时无法集中精神，我便打消了继续的念头，把鞋楦放在书桌上。

一张纸静静地躺在书桌上，吸引了我的注意。

“对了，哥哥，你懂这个吗？”

我把纸递给他，上面是公园里的那个女子在离开之际念叨的神秘语句，写得断断续续。开头是“雷神”，好不容易才想起了“小”“阴”“雨零耶”，其他部分都画着圈。

哥哥拿着纸，露出讶异的神情。

“这是什么？俳句？”

“短歌啦……”

“我怎么可能知道？”哥哥把纸还给我，“等老妈回来，你去问她喽。”

母亲以前读的是语文学科，毕业后留校做了办事员。不知从什么时候起，她渐渐会辨认字轴上的草书。这么说来，她可能懂一些，只是……

“她还会回来吗……”

“会回来的。她就是一寂寞就会死的兔子嘛。”

“都那么大的人了，还忍受不了寂寞，是不是有点问题啊？”

“我也不是没这么想过……”哥哥沉默了几秒，接着说道，“不过，大概只有年轻的时候才会这么想吧，听说上了年纪后就不会这么说了。”

“是吗……你听谁说的？”

“身边那些上了年纪的人。”

“真的是这样吗……”

或许就是这样吧，但我感受不到，现在满脑子都是：我很快就要独自生活了，必须具备独立生活的能力。

我问哥哥：“你是因为寂寞才选择同居吗？”

“怎么说呢，我也不知道。”哥哥回答，“其实我也不是那么想同居，只能说自然而然就……”

7

明明已经入梅了，却连续好几天都放晴。

晴天里，我并不会迫切地想逃出拥挤的电车，只是随波逐流挤上去，换乘地铁去上学，然后百无聊赖地听老师讲课。

教室里写板书的声音形成单调的节奏，烙印在我的脑海里。我死死地盯着粉笔划过黑板落下粉尘的样子。光线穿过旁边的窗户照射进来。我的视线往左移去，窗外洋溢着炙热的阳光，仿佛要把全部湿气都蒸发了。操场上的尘土、绿色的围网和远处Docomo的时钟塔都沐浴着阳光，看上去闪闪发亮。

可此刻浮现在脑海里的是雨天早晨从公园里看到的时钟塔，灰蒙蒙且湿漉漉的。那是在阴霾的天空下，越过透明伞所见到的西新宿远景。而现在，此处并不是最好的观景地点。

我并不属于这种充满阳光的地方。

很奇怪吧，一般是相反的情况才对。大多数人讨厌下雨，喜欢有阳光的地方。

不知为何，我就是无法喜欢上晴天那种令人舒心的氛围。

现在不是该在这里做这种事的时候。

我想在笔记本上画鞋子，可我的手在违抗意志，一动也不动。

什么都画不出来，也毫无头绪。我试着画脚上穿着的室内鞋的外形，却连这个都无法画完整。

要是下雨就好了。

到底是为什么呢？若是在雨中，铅笔就会听话地滑动起来。我有这样的预感。

放学后，我和松本隆史、佐藤弘美闲扯了一会儿，消磨一下时间后，傍晚时分便去打工。那是东中野一家颇为时髦的中华料理店，店面不大，但装修得还挺漂亮，菜品多，味道也不差，在点评网站上的得分一直很高，到了黄金时间总是座无虚席。店员扎着统一的围裙，包着头巾接待顾客。我的工作是服务员兼洗碗候补工，一天工作四个小时，每周三天。

不知怎的，我在店里把自己包装成一个开朗、聪明又轻浮的勤劳少年，待人亲切又充满活力。客人犹豫不决时，我会滔滔不绝地给他推荐，还能让他多点一道菜，特别有才能。好多下班过来吃饭的上班族小姐姐都和我交换了联系方式。

下雨天我不怎么去上学，发自内心地讨厌着初夏的艳阳，不爱交朋友，一味干等放学。这样的秋月孝雄到了晚上却摇身一变。班里的同学要是知道我有这副面孔，肯定要惊掉下巴，就连我自己也对此感到惊讶。

“也就是说，在这种需要表现的地方，你就能够扮演相应的角色吧？”

许久以后，我和“雨女”已经相当熟络。和她说起这件事时，她直率地做出了如上的总结。

“扮演……”

“你无意间把自己设定成一个能机智应对各种状况的人，并且尽力变成那样。你的本心是游离在外的人格，所以哪怕扮演失败，本体也不怎么会受伤，这反而使你言行大胆，所以你看上去才充满活力，是这样吧？”

“这就是所谓的双重人格吗？”

“虽然不同于电视剧和小说里出现的双重人格，但从某种意义上来说，或许也差不多吧。谁都有几副面孔，这样说来，每个人或许都有多重人格，不换面具的人反倒是少数吧。”

“是吗……”我深感敬佩，“你懂得真多……”

她完全无视了我的话，顿了顿后幽幽地开口：

“不过有些时候，人会完全丧失这种能力呢。”

“你是说，我会突然不知道怎么接待顾客吗？那确实挺麻烦的。”

“但愿这一天……永远不要到来才好。”

第二天早上，我在醒来之前已经感受到空气的黏着沉重。手机充当闹钟开始振动，我随即伸手按掉了。

我睁开眼睛，窗外的光线正透过薄薄的窗帘溜进来。看到那隐约泛白的光线后，我爬了起来。

“下雨了。”

我承认自己的声音里透着愉悦。说不定我在前世是一条鱼吧。

雨天不上学也没关系。这么一想后，我的脚步便变得轻快。世上并没有雨天不必上学这条规矩，但我就是这么定了下来。

带着雀跃的心情，我走在积着浅水洼的柏油马路上。灰色的天空下，新宿街头来来往往的各色雨伞好像热带浅海里的水母群。我喜欢用透明伞，所以大概是最像水母的那个，漂游在人潮之中。不过，据说真正的水母并不会成群结队。

我穿过大门，走进公园。

石阶被雨水浸湿，反射着阴天照射下来的光线。我穿着自制的鞋踩上石阶。

跳过砂石路上的积水。

雨落在铺着地砖的游园道上。

潮湿的地砖微微映出森林的色彩。

我那用一整张皮革做成的丑鞋踏过那片绿色。

下雨时，一切都会呈现出雨天才会有的色彩。我再次认识到这一点。

来到秘密基地——位于公园一角的那座凉亭时，我不由得惊呼了一声。

精致的波波头包裹着她的脸，她抬头看向我。她穿着质量上乘的西服西裤，坐在那张长椅上，旁边放着深粉色的伞、象牙白的皮包和塞满东西的便利店塑料袋。她的手里还有三得利金麦的啤酒罐。

正是前几天出现的那个神秘啤酒女。

“你好。”

女子和我打了一声招呼，声音好似吹过整片森林的风。她的语气有点孩子气，但很好听。我有些扭捏，从喉咙里挤出一句“你好”后，在离她稍远的位置上坐了下来。

又是她啊。

我想一个人待着时，她就出现了。这已经是第二次了。而且，她还记得我。

我多少有点紧张。

不过，管他呢。女子朝向另一边喝着啤酒，看上去不是会拉着旁人发酒疯的类型，完全无视她应该就没问题了。

只是，大脑有一瞬间咯噔了一下，我随即想起上次她吟咏的那首短歌什么的。

我始终十分在意，很想问问她那究竟是什么，但转念一想又放弃了。要是她已经完全忘了那回事，反问我是什么意思，那就尴尬了。再说了，如果我前去搭话了，我们之间自然就会建立起关系。

我只想一个人默默地做自己想做的事，为此，把这个女子当作身边经过的陌生人再合适不过了。

为了避免在雨中滑倒，刚才我一直走得很小心，现在觉得脚掌累得不行。我尽情伸展双腿，无所事事地看起风景来，开始数雨滴顺着凉亭的屋檐落下的节奏，大颗大颗水珠奏响的单调乐音听着还挺悦耳。

我看了一会儿风景，听了一会儿雨声，然后从包里摸出笔记本开始涂鸦。叫它创作笔记吧，未免有些羞耻，我反倒什么都画不出来了。因此，我只管叫成涂鸦。而说到上面所画的内容，当然就是鞋了，是世上还未出现过的鞋，是今后我或许会制作出来的鞋，有直纹鞋、雕花鞋和懒人鞋，有开放式鞋翼和封闭式鞋翼，有低帮鞋和长靴。

铅笔唰唰地跑动着。

这种感觉真奇妙。

天下着雨，而我不属于某一群人，这时的我就能把心中所想的绘于纸上。说不定我在前世真的是一条鱼或一只水母。这么一来，我是为了制鞋才转生成了有脚的生物吗？

时光的流逝渐渐被我抛在脑后。

我专心地画了一会儿，倏地回到现实中，重新审视笔记本上那些胡乱画下的草图。

都是男鞋啊。

说来也是，毕竟我画的都是自己想要的鞋。

我知道自己的脚型，也能轻易想象到皮革的裁法。

可是，如果不会做女鞋，那就称不上会制鞋了，这也是显而易见的道理。毕竟世上有一半是女人，而女人更能意识到鞋子的时尚价值。

或许这和雨逐渐变小也有些关系。

那么，接着想想女鞋吧……

我的铅笔停住了。

什么都画不出来。

我用拇指抵着额头，盯着空白的笔记本使劲思考。若是没有“为谁做鞋”的前提，后面的联想就很难展开。

我试着把母亲作为制鞋对象，可那个人以买鞋为乐，拥有大量鞋子，我始终提不起给她设计新鞋的兴致，总觉得做出来的成品和她现有的鞋子只是换汤不换药。

旁边传来开啤酒罐的声音。

——一大早的，她到底要喝几听啤酒啊？

身穿浅绿色衣服的女子跷着二郎腿，脚上挂着鞋，无所事事般一上一下地晃着。

她的鞋总是那么高级。

这双鞋和上次看到的那双不同，不过质量也不错，保养得也很细心。

我判断那应该不是大众款的鞋，不是全定制就是半定制的。这双鞋十分合称，一眼就能让人想象到主人的脚型，应该花了一笔不小的金额吧。她看上去还那么年轻，肯在鞋上这么大方，看来不是富翁，就是那双脚生来有点问题。有些人的脚型天生比较特殊，穿不上大众款的鞋，这种情况下就要拜托制鞋师度脚定做。

我斜眼观察女子的脚和鞋，尽量不让她发现，然后悄悄地将她的脚型（只是脚踝以下的部分）速写下来。要是被发现了，对方肯定会以为我是变态。为此，我小心翼翼地用余光捕捉样本，专注地画起来。

“我说……”

耳边传来女子的轻声细语。意识到这是在向我搭话后，我随即合上笔记本望向她。

女子稍稍欠身，用调侃的语气问道：

“今天学校放假？”

我反问她：

“公司今天休息？”

女子咯咯地笑着说：“我又翘班了。”

原来如此，也就是说，我们是同类。这么一想后，我稍微放松了，也笑着说道：“于是，一大早就在公园喝啤酒。”

“没错。”

我和她面对面，小声地笑了几秒。有种类似共鸣的东西飞快地在我们之间打了个来回。

“光喝酒对身体不好，还是吃点东西吧。”

“你这个高中生居然懂这么多。”

女子意味深长地注视着我，表情仿佛在说“高中生居然喝酒”。于是，我解释是因为母亲爱喝酒。听罢，她问道：

“你的母亲以前是文学少女吗？”

我大吃一惊。

“你怎么会知道？”

“哪怕乱猜，也总比不说好呢，毕竟猜对了会显得自己很厉害。”女子得意地露出微笑，“文学部还保留着过去的习俗，认为越会喝酒的人越了不起。我只是想到这么一出罢了。”

“明明是学文的，却像搞体育的。”我说。

“没错，学文的却像搞体育的，我就是被传染了这种毛病。”女子把手伸进包里翻了起来，“不过，我带了下酒菜哦，你瞧。”

下一秒她拿出多得用双手都捧不拢的板状巧克力。她问我吃不吃，那时我发出了惊呼声。

女子似乎在责怪我，问道：

“你刚才是不是在想，这个女人不正常？”

“没……”

无论肯定还是否定都不太对，我只能含糊应答。

我这个人并不介意食物的搭配，会把鲣鱼泥和青椒拌在一起，也暗自觉得蛋黄酱拌龙须面挺好吃。市面上有种东西叫酒心巧克力，我也曾跟着打工的前辈去酒吧，在那里见过用巧克力搭配苏格兰威士忌的人。

可恕我孤陋寡闻，我从来没听说过用巧克力配啤酒的，分量还相当异常。在我的印象中，板状巧克力并不是这样一大把抓着吃的。

也不知道她吃东西的节奏如何，说不定一整天除了啤酒就只吃巧克力。

这时，我想到——

“不正常的女人。”

这直白的描述还真是再贴切不过了，只是这话从她自己嘴里说出来后，就有种完全被抢占先机的感觉。

“没事，不正常就不正常吧。”她用手指捏着自己的上唇说道，“没关系。反正无论是谁，身上都有些奇怪的地方。”

听到这唐突的话语后，我困惑得说不出话来。为了避免沉默，我只好不表明立场地说了一句：“是吗……”

“没错。”

女子用十分挑衅的语气断言道。

雨停了，凉亭屋顶上的雨水被风一吹，哗啦啦地倾泻下来。我甚至觉得，仿佛是女人强硬的口吻在呼风唤雨。

我把笔记本放进包里，拉上拉链。

“我差不多该走了。”

“你现在要去学校？”

“我的准则是只在雨天的上午翘课。”

“这样啊。”女子望向雨后的风景喃喃说道，“那我们说不定还会再见面呢。”

“还会再见？”

“可能吧，要是下雨的话。”

她的这番话到底有什么含意，我不得而知。或许她和我出于相同的理由，每逢雨天便来到这里。或者不仅是雨天，她每天都会来这里吃巧克力喝啤酒。她会放下工作，避开有人的地方。事到如今我才发现，搞不好打扰别人独处的是我才对。

不过……

那句话听上去还有另一层意思：能和你再见面也挺好的。

说起来，离开庭园的凉亭时，我没有特意转身，所以不确定是自己听错了，还是她真的冲着我的后背嘟囔了这么一句：

“什么呀，这不是能去学校吗？”

8

“一起吃个饭吧。”隔天，我收到了母亲的这条短信。

一大早天就阴沉沉的，却不下雨。我只好去上学，等着令人窒息的时间一分一秒过去。

赶去打工的途中，我收到了母亲的那条短信，便答复她，如果能等到我打工结束就去，之后我们约了九点半在车站前碰头。她好像也联络了哥哥，但据说哥哥工作太忙赶不过来。

母亲比我先到一步，一看见我就说：

“去吃肉吧，吃肉。”

“看上去就像学生一样呢。”我客套地说道。

“那是，哦呵呵，呵呵呵！”

“话说在前头，我只是说你的言行像学生，外表可不像哦。”

走了一会儿后，我们进了一家吃涮涮锅的店。母亲一坐下，就点了不限量套餐、啤酒和乌龙茶，也不问问我的意见。

“最近怎么样？”我一边调节桌上那台电磁炉的火力，一边礼貌地问她，“和你的男友生活得如何？”

“很不错呀。他是SOHO嘛，一直待在家里。回到家里时有人等着你，这一点很重要呢。”

“SOHO是什么？”

“就是在家办公的自由职业者。”

“这样啊……”我不温不火地接话道，“你到底是在哪里认识了这种人？”

“怎么，你想知道吗？”母亲探过身来，坏笑着说道。

“不，并不是很想知道。”

“什么啊。”

母亲皱起眉头，看来是要闹别扭了。

“都是因为你们兄弟俩合伙，不听妈妈的话啊。”

那是当然。母亲都一把年纪了，她的那点爱情故事谁要听啊。这句话已经溜到了嘴边，倘若我真的说出口来，搞不好她会非常生气，连账也不结一下就跑了，于是我只好把话吞下。这个人真的很难伺候。

今天母亲的心情似乎不错，啤酒喝得很开怀，肉也吃个不停。我则不知不觉间沉迷于撇浮沫这件事。如何在不减少汤汁的前提下只把浮沫去掉呢？越想越觉得像在玩游戏，我就是容易沉迷于这种细致的操作。

“随便撇撇就完了，快吃肉啊。”

“嗯。”

“你哥哥怎么样了？”母亲问。

“他好像工作挺忙，基本都是坐末班车回来的。他说七月搬走，正慢慢地收拾行李吧。”

“这样的话，晚上只有你一个人在家吧？”

“算是吧，不过我还要打工，也不是一直待在家里。”

“你一个人不要紧吗？”

“不要紧啊。”

“想到今后一直得一个人住，你不会害怕吗？”

“不怕，”我回答，“我这辈子大概都不会因身边无人陪伴而感到痛苦吧……不过，我也不知道今后会怎么样。”

“你真的很像你爸爸啊……”母亲发出一声忧虑的叹息，“然后啊，哥哥是随我啦。”

“这让你很头疼吗？”

“听好，记住了。哥哥之所以受女孩子欢迎，是因为他多少有点怕寂寞。要是没有人陪伴就活不下去，那是挺麻烦的，但他那样就是恰到好处。而丝毫不怕孤独的男人呢，既不好伺候，性格又差，女人是不会靠近他们的。”

“也就是说，太怕寂寞的男人很麻烦，不怕寂寞的男人很难搞。”

“二选一的话，还是前者好一点啦。”

“这是你自己的喜好吧？”我忍着没提出更犀利的疑问，随后又想到一个问题，“说来我一直没问你，你会和爸爸离婚也是因为这个吗？”

“回头有机会再说吧……你和他见面了？”

“他现在在新加坡吧？”

“啊，是吗？”

“他偶尔会发来短信。”

“那就好。”

母亲喝完手里的啤酒，又叫了一杯。看着这样的她，我又想起一件事，便问道：

“对了，我想向逢酒必出事的你请教一下。”

“那个奇怪的定语是怎么回事啊？”

“什么情况会让人想一大早独自喝酒呢？”

母亲吃惊地眨巴着眼睛，问道：

“你在说谁？”

“没有，只是一般而言。”

“骗人，”母亲断言，“一般而言，通常会问‘你会不会一大早想独自喝酒’才对。既然不是这么问，就是有具体的事例吧。”

“话是没错啦，你先别管了，就告诉我一般会是什么情况吧。我不喝酒，不明白喝酒的人是怎么想的。”

“一般而言，是为了缓解宿醉吧？”

“喝酒能治好宿醉吗？”

“姑且可以吧，之后就不知道啦。我上学的时候，早上起来要是没精神就会先喝一杯，调整好状态再去上课。”

我暗自感到吃惊。

“这是不是就是文学部特有的那种劲头，会喝酒才算真性情什么的。”

“你知道得还挺多啊。不过在大学里，喝到天亮还能赶早上九点第一节课的人多得去了，和文学什么的没关系啦。”

“是吗？”

“我可是从高中的时候开始就抱着一升酒瓶睡觉的少女啊。啊啊，好讨厌变老啊。我越来越喝不了酒了，最近真的是多喝一口都不行啊。”

想从母亲入手进行抽样研究的想法大概是一个错误。

看似心情颇好的母亲突然问道：“要喝啤酒吗？”

“不喝。”

“喝嘛，你这个孩子真扫兴啊。”

母亲举手叫来店员，点了一扎啤酒。等店员放下酒离开，她便把杯子推到我的面前。

我无可奈何地喝了一口。

“怎么样？”

“味道不好不坏。”

“不好也不坏啊……”母亲抬眼看上方，接着像想到什么似的说，“这就和人生一样呢。”

“什么？”

“从味道不好不坏的日常生活中，找出那么一丝值得品味的东西，这就是人生啊。”母亲似乎觉得自己炖出了一锅心灵好鸡汤，露出骄傲的神情说道，“我说得很棒吧？就像某个大文豪才说得出的名言吧。”

“一想到这是从你的嘴里说出来的，鸡汤味也变淡了呢。”

9

放学后，松本来找我，那时我正把教科书和笔记本放进书包里。

“接下来你有空吗？”

“看有什么事吧，怎么了？”

“待会儿我和弘美有约会，说是约会，也不过是去星巴克闲聊而已。”

“挺好啊，你去呗。”

“可学生会突然有事情。”

“学生会？”我重复了一遍，话说别看他这副样子，其实还是学生会的成员呢，“学生会有什么事？”

“绿化活动啦。”

“那是要干吗？”

“就是在花坛里种种花，拔拔杂草什么的。”

“没想到你对这种事有兴趣啊。”

“怎么可能有兴趣，这是义务啦。第一学期开始的时候，班里要推荐我当班委，我说‘求求你们了，除了这个别的都行’，结果就把我丢到学生会了。拔杂草算什么学生会啊。”

“辛苦了，还不如班委呢。”

“就是啊。话说，这件事还得花上一个多小时。不好意思，你能不能替我先去店里陪陪弘美吗？”

“为什么？让她等着不行吗？”

“开玩笑，怎么能让女生傻傻地等你一个小时呢？”

“是这个问题吗？”

“就是这个问题。谈恋爱啊，你跟着我学就对了。”

松本骄傲地挺起胸膛。先别管要不要跟着他学如何谈恋爱，总之我还是答应了。

一走进店里，就看见佐藤弘美半站起身往这边招手。我去柜台买了一杯咖啡，才刚坐下，她就双手合十对我说：

“实在不好意思，让你来陪我。”

“没事，反正我很闲。我才要道歉呢，松本自己没法过来。”

“不会啦，真的。你能来，真的太好了。我不知道要干吗，只能发呆，实在太痛苦啦。”

“和松本处得还行？”

“嗯，处得不错，每天都很有意思哦。”

“那可真叫人羡慕。”

“羡慕吧，我还想分点幸福给你呢。”佐藤弘美笑了，“要是没有女友，我给你介绍介绍？”

“介绍……”我往后仰了仰，“具体怎么介绍呢？”

“嗯……比如说，我给朋友打一通电话，问她现在能不能过来，而你恰好在这边。然后我们就可以聊聊，回头四个人一起玩，在下个休息日来一次双人约会，结束之后再决定要不要继续约。”

“这叫相亲吧？”

“说什么哪，这当然就是简单的相亲呀。”

“哇。”我苦笑着皱起眉头，“我觉得还是算了。”

“怎么了，不这样的话，怎么交女友呢？我还挺想试试双人约会的。迪士尼乐园那种地方啊，同行的人多了，排队才不会觉得枯燥呀。”

“啊，那倒是。”

很久以后，应该说好多年以后，我才终于意识到，愿意为你介绍朋友的异性友人是多么珍贵。那是和佐藤弘美失去联系很久之后，我发自肺腑的真实感受。不过，那又是另一个故事了。

在那之后，我和佐藤天南地北地聊了起来。她的目标是公立大学的英语学科，为此制定了相当艰苦的学习计划。她很担心我那已经烂到家的成绩，还把去年自己定期测验的题目复印了一份给我。她已经读高二了，而松本才读高一，可惜两人无法相互辅导。没办法，她只好向同班男生请教数学难题，可松本又要吃醋，不过这倒是挺可爱的。可爱似乎是佐藤弘美对松本的整体评价，而对我来说，那已经是完全无法理解的领域了。我怎么想都无法把那个傻大个儿和“可爱”两个字联系起来。

过了一会儿，佐藤口中的那个可爱男孩走进店里。他一边道歉一边跑过来，把我面前的冰水咕咚咕咚一口喝干，然后在我的旁边坐了下来。

“哎呀，累死我了。”

“你去干吗了？”佐藤弘美问。

“就是爬到梯子上咔嚓咔嚓地修剪树枝。用的那东西叫什么来着？就是电视购物里卖的那种……是高枝剪，没想到学校里还有这种工具啊，吓我一跳。”

“那是学生干的活儿吗？我还以为是请苗木培养工来做的。”我说道。

“苗木培养工是什么？”佐藤弘美问。

“就是种植树木然后把树枝修剪得漂漂亮亮的专家。”我回答，“咦，你怎么连这个都不知道？”

“人家从来没见过嘛。”

“这个人都不知道还有钟表店。”

“咦，我以为手表都是在网上买的啊，要不就是去堂吉诃德（**注：日本知名连锁综合杂货店**）或Village Vanguard（**注：日本一家出售图书和杂货的复合型连锁创意书店**）买的。难道有很多专门卖钟表的店吗？”

“是啊……”我点头，“这么说来，个人经营的钟表店或许很少见了。我家附近那条商业街里有一家老钟表店，自从它关门之后，我都没地方换电池了。应该说，现在都用太阳能手表，没人会用电池式手表了。”

“你看你看，这已经算不上常识了吧，不知道有钟表店也没什么可奇怪的。”佐藤弘美对着松本露出仿佛获胜了的表情。

松本来了，我的任务就结束了。我刚站起来打算回家，两人就同时挽留我，让我继续待在这里。反正今天不用去打工，我便决定再坐一会儿。于是，我们三人又不着边际地闲聊了半天，关于昨晚电视里的综艺节目啊，在网上发现的有趣网站啊，净是这些话题。佐藤弘美用手机拍了一张三人的合影，上传到网络相册里。我用自己的手机登录后看了看，照片里的松本笔直地看着镜头摆造型，而我的表情写着“我为什么会在这里”的疑惑。他们一个劲地大笑，说我的表情很滑稽。我知道他们的笑是善意的，绝不是让人厌恶的讥笑。

到了去上补习班的时间，佐藤弘美便脚步轻快地走了。之后，松本挪到她坐过的地方，看着我说：

“怎么样，我的女友可爱吧？”

“你这家伙，就是为了说这句话才让我留下来的吗？”

“也不是啦，就觉得挺好的。年长的对象就是好啊。就各方面来说，输了也不怕，挺轻松的。”

“输了也不怕是什么意思？”

“你想啊，要是比我小，我就得掌握主导权，什么事都得先站出来做决定，不得不振作精神吧？”

“哦，要振作精神吗？”

“当然。现在我不需要这样，真的太舒服了。你要是想找女友，找年长的准没错。”

“嗯，”我笑着敷衍他，“不过，她不想和你单独说悄悄话吗？你们原本打算独处吧？”

“不，你在旁边挺好的，”松本说，“有你在中间，感觉正好。我们想单独说话的时候，还可以打电话和发短信嘛。”

松本提出一个恐怖的建议，说下次约会的时候要带上我。我当然是郑重地拒绝了。

10

我撑开伞后甩了甩，雨滴便在头顶上方跳跃。我仔细地躲着沥青路面上的积水，往前走去。偶尔与人擦肩而过时，为了不撞到对方的伞，我会举着自己的伞上下避让。

我已经很熟悉从新宿站到那座公园的路。

穿过入口，沿着石子路前进。往日式庭园区走去时，我不由得想，今天那个女子会不会也在呢？

靠近凉亭的时候，我看见了人影。

“啊。”

“啊……”

女子认出了我，微微把手举到胸口附近，算是打招呼吧，好像在说“又见面了”。我也轻轻地点点头，收起伞坐在长椅上。

旁边传来打开易拉罐的声响。我尽量不去看她。

途经便利店时我买了矿泉水，此时一边喝着水一边感到疑惑，为什么她总是比我先到呢？是早上几点过来的？

这样好像我是特意过来见她的，真有点气不过。我明明没有这个意思，却变成了这种状况，多少有些不愉快。

看她穿得挺像样，应该不是无业游民，到底为什么在工作日一大早就来到这里呢？有些工作是从下午开始上班的，可在那之前喝这么多啤酒也太奇怪了。这些酒灌下肚后，肯定无法正常工作。还是说，她出于什么原因失业了，或是有钱到不需要工作呢？

说不定她每天都会来这里，不管是雨天还是晴天。

我不由得萌生了一个念头，想找一个晴天踩着公园开门的时间进来看看，但很快又打消了主意。这么一来，就真的是专门为她而来的。

我听见易拉罐放在长椅上的声音。

“你一个劲地在看什么呢？”

女子把手搁在长椅边上，微微探出身子问道。我从她的动静判断出她的举动，也知道她是在问我，便回答道：

“没什么，我在发呆，觉得树好多啊，就这么看看。”

“是吧，这里的树很漂亮吧。”

“看来花了不少保养费。”

“没错，确实挺花钱的。”女子重复我的话，“不过，能不能别说得那么世俗啊？”

“世俗”一词浮现在我的脑海里。“也是。”我带着些许笑意，点了点头。

这时我想起了什么，便嘀咕了一句，与其说是在问她，更像是在自言自语：

“世上有苗木培养工这种职业吧？”

“咦，”女子似乎有点困惑，“当然有。怎么了？”

“也有钟表店。”

女子说道：“升上高中时，我那已经去世的奶奶带我去了镇上的钟表店，在那里给我买了第一块真正意义上的手表，而不是玩具。我到现在还特别珍惜。”

我望向她。那天是我第一次认真地看着她。在那一刻，我的内心第一次捕捉到她身上可以为我所理解的人格。将记忆与物品联系在一起珍藏心底——我非常喜欢这种做法。而且，她说的是“奶奶”而不是“祖母”，这也令我心头一热。

“我的朋友既不知道苗木培养工也不知道钟表店呢，因为活到现在从来没接触过那些。”

“是吗，难道是代沟的问题？”

我问：“那鞋匠呢？”

“什么？”

“会不会因为平时不怎么接触鞋匠，人就意识不到有这种职业呢？”然后我补充了一句，“因为我看你穿的鞋很不错。”

“没有庭园，就不会去找园艺师；有了手机，就不需要时钟。”她说，“但人人都要穿鞋吧？”

“是啊，但其实也只是把现成的鞋凑起来开一家店吧。现在的人们已经意识不到，鞋原本是应该根据每个人的脚一只只做出来的。所以我想，那些传统的鞋店也会渐渐消失吧……”

“嗯……虽然不会完全消亡，但能定制或半定制鞋子的鞋匠或许会越来越少吧。”她补充道，“而且，定制鞋子还很贵呢。”

“好世俗哦。”我说。

我们彼此会心一笑，就这样聊了起来。

“谢谢你夸奖我的鞋，”她说，“你的鞋也很有个性呢。”

“我喜欢有个性的鞋。”

“还有一点我很吃惊，原来你有朋友啊。”

“什么意思？一两个朋友还是有的啦。”

“高中生在这个年纪，一旦脱离了小团体，就很容易被排挤吧。”

“大概吧，但我若不去在意，还是能坦然应对的。”

“我在那个岁数似乎应对不了呢。”

她把目光转向面前的枫树。我自然而然地觉得，或许她看的不是枫树，而是更远的某处。像是为了填补这段无声的空白，她拿起啤酒喝了一口，目光却仍停留在景物上。沉默了一会儿后，女子继续喝起酒来。我也没什么特别想说的，于是让对话就此止步，自己则靠在椅背上，自顾自地看着雨点从屋顶滑落。

“喂，给你巧克力。”

“谢谢，不过不必了。”

“拒绝人家的巧克力是什么意思嘛，不可理喻。”

“这种语气就和‘你竟敢拒绝我敬你的酒’一样。”

“你讨厌巧克力？”

“也不是讨厌。它在嘴里不是会变得油腻腻的吗？我根本吃不了几块。”

“那你能吃什么？”

“煎饼之类的。”

“那个根本没味道啊……”

你吃的是什么煎饼啊？

“我说，下次你过来的时候能带点吃的吗？只有我一个人又吃又喝的，总觉得好尴尬。”

“这个嘛……”

“怎么了？”

“前提是我来的时候你一定在吧？”

女子有些吃惊地看着我，低声应了一声，然后说道：

“大概在吧。要是我不在，你能把这当成一件好事吗？”

11

第二天也下雨了，于是我出发去了学校以外的地方。说起来，家里有学校发来的电话留言，知道是学校发来的那一瞬间，我停止播放，并且删掉了录音。母亲正在离家出走，不会听到录音，就算听到了，或许也没关系。不过，要是让哥哥听见，就有点麻烦了。倒不是说我们兄弟的关系差，只是莫名有种紧张感。我希望尽量维持人与人之间关系的平衡。

在去公园的路上，我绕路去便利店买了一盒薄脆饼干。里面一共有九小包，每包六块，小酒馆里常常会将芝士和鸡肝酱堆在上头当下酒点心。这种饼干不是特别好吃，不过在便利店能买到的食物里，它算是比较像样的了。

不知姓甚名谁的女子今天也在，长椅上还放着茶色的纸袋。她用双手捧着的不是啤酒，而是Tully's Coffee（**注：发源于美国西雅图的咖啡品牌，在日本设有多家分店**）的外带纸杯。我还是第一次见她喝咖啡。

“咦，今天不喝啤酒了？”

“嗯。”

“终于改邪归正了吗？”

“什么啊，亏我为了迁就你才不喝酒的。”

我默默地在长椅上坐下来。

“这个给你，”她把茶色纸袋往我这边推，“这是对老顾客的真情回馈。”

“咦？”

袋子里装着带盖的咖啡杯，和她喝的一样。

“真的是给我的？”

“嗯。”

“谢谢……不过，这吹的是什么风？”

“只是觉得在不喝酒的人面前，一个人喝很难受。”

“我今天要是不来呢？”

“那就……你瞧。”

她拿起另一边的塑料袋。透过白色的袋子，我看到啤酒罐上的商标。

“酒嘛，不是独酌就是共饮啦。”

“我能问一个问题吗？”

“什么？”

“喝醉的人不是常常会叫身边的人一起喝吗？要是酒席上有不喝酒的人，他们会不会觉得糟心？”

“倒也不至于糟心，怎么说呢……我想会觉得有点寂寞吧。”

“寂寞。”

“或许会不安吧，不确定别人是不是真的和自己身处一室。”

“原来如此……”

这种解释浅显易懂。在一个大家都热闹欢腾的地方，要是有一个人很安静，大家肯定会好奇，甚至想去逗逗他吧。

我想自己能明白这种心理。

不如说，我就是那个格格不入的人。

我无法和众人在同一时间因同一件事而发笑。

我掰开塑料杯的杯口，嘬起咖啡来。里面是加了奶泡的咖啡欧蕾，没有放糖，口感却带着甜。

我这个人平时总是板着脸，一副对人不理不睬的样子，看上去挺讨厌的吧，事到如今倒开始反省了。

“怎么了？不好喝吗？”

“不会，很好喝啊，多谢款待。”我轻轻地举了举杯子，“我只是在反省，觉得大家都在笑的时候，我也该跟着笑才对。”

“嗯。当时要是能做到，那是跟着笑比较好吧。”

“但也有做不到的时候。”

“是会有做不到的时候，”她点头，“有时无论怎么喝，还是追不上先喝醉的人。”

“这种时候该怎么办？喝到醉倒为止吗？”

“我不会醉倒的。就算站不起来，我的意识也是清醒的。你呢？”

我故意避重就轻，回答道：“我还是高中生啊，怎么可能喝成那样呢？”

“那你还是喝过一点喽？”

她笑了。

给了咖啡的女子想了解我的交友情况，说是担心我没有正常的社交活动。就当还她咖啡的钱，我无可奈何地说起了松本隆史和佐藤弘美。

“你说的这种关系，我多少能理解。”

我对她说，那两个人尽量不待在二人世界里，非要拖着我一起。之后，女子给出了这样的回应。

“你怎么理解的？”

“因为只有两个人面面相觑，要么是零要么就是一百，难道不是吗？”

“什么意思？”

“就是说，你要么接受对方的意见，要么不接受。或是对方要么接受你的意见，要么反对。”

“大家各自把意见摊开来说不就好了？也就是讨论一下……”

“这个嘛，一开始是会讨论，但每次都讨论会很累，会持续不下去。一旦有了这种持续不下去的预感，人就会渐渐往全盘接受或全盘反对两个极端跑，但这样也会让人难受。”

“这样哦……”

我听不懂，能说的只有这一句。

“我觉得，两个人独处的时候就会变成这样。即便只是扔出一句话，不管是对方还是自己，对此都会有喜欢和讨厌两种态度。如果要达成共识，就会出现必须二选一的局面。双方为此甚至会用锋利的言语相互伤害吧。不过，如果是三个人，那就不是个人对个人的局面，而是形成一个集团，不需要谁来接受自己的意见或发言，只要把这句话往那里一放就行。不只是三人，四人以上也是同样的道理。”

“原来是这样……”

“你看，这就来了。”

“什么？”

“你刚才并没有释然，但还是全盘接受了。”

“啊……”

确实，我一时很难接受她的这番意见，但又不知如何是好，只能囫囵吞枣。

“人们常说，只要加深讨论就能解决分歧。的确，有时候这么做是有意义，但很难持续下去吧。总是这样的话，人就会开始讨厌对方。”

“就像老师一样。”

“什么？”

她似乎怔了一下。

“我说你就像是恋爱的老师。”

不知为何，她又变得面无表情，脸像僵住了一般。就这样过了一会儿，应该说过了很久，她都没有打破沉默。我不知道她为什么会有这种反应，便盯着她看了一会儿。实在看不下去了，我只好转过视线去看看风景，喝一口咖啡。手边有能喝的东西真是帮了大忙，总之能让人暂时不用说话了。

难道我说了什么不该说的？我正想问她，便从旁边飞来一块板状巧克力。我条件反射般用双手接住，问道：

“这也是给老顾客的？”

“巧克力和咖啡应该挺配的吧？”

“那倒是……”

我打开自己买的饼干，拿出一小袋扔给她。她狐疑地观察了一会儿，拆开后拿出一块塞进嘴里，然后皱起眉头说道：

“好像在吃沙子……”

她把剩下的饼干放在长椅上，往我这边推过来。

12

回想小时候，我脑海中的梅雨季节总是每天片刻不停地下着雨。

多半是因为无法出去玩而心生郁闷，我才产生了这种印象吧。现在回想过去的六月，其实很少有一整天都在下雨的日子，也几乎没有连日降雨。

到了六月中旬，我基本都过着平平无奇的生活。不下雨的日子里，我就去上学，一声不吭地听课，每周打三天工。不打工的日子里，我会去超市采购食品，回家做一顿稍微像样的晚餐，或是和松本他们打打台球。到了夜里，我会阅读从图书馆里借来的制鞋书籍，照着里面的范例训练自己切割与缝合皮革的手艺。

若是兴致上来了，我会用母亲留下的笔记本电脑查查资料。由此我得知，要想通过自学成为制鞋专家几乎是不可能的。我个人对学校的制度抱有根本性的质疑，所以一直在摸索是否能自食其力学会这门技术，看来是没办法了。要不就是跟着专业制鞋师做学徒，要不就是去专科学校学习。原则上，日本已经没有制鞋师会收门外汉做学徒了，所以我必须进入学习制鞋的专科学校才行。

我试着拿到几所学校的入学指南，不管是哪一所，一年的花费都在一百万日元左右。当然，一年是无法学成技术的。专心地学上两年，才算学到了基础中的基础。之后，或是进入制鞋作坊一边干活一边学技术，或是自己找师父学习，或是进入鞋类制造商的商品开发部门工作，只有这几种选择。

要是像烹饪那样基本靠自学锻炼手艺，那就好了，我一边炖着羊栖菜一边这么想。烹饪羊栖菜时，我会用圆底锅炖煮。用水发好羊栖菜后，先放麻油好好地翻炒一下，再加入少量高汤，然后放入切得很碎的胡萝卜和大豆一起熬煮。要是再放点小杂鱼干，就能当下酒菜了。

等待高汤煲浓稠的间歇里，我打起了如意算盘。要是高中三年一直坚持打工，或许存上两百万日元并不难。

家住东京都内是很大的优势。这样我就不必在意房租和生活费了，可以选择东京的专科学校。要是住在外地，光是存两百万日元就是一道难题。理性告诉我，必须好好利用这个优势。

问题在于，我明显已经和高中渐行渐远，有可能老老实实地待在专科学校里听上两年的课吗？我有一种强烈的预感，觉得自己会一怒之下冲出教室。我在这方面的预感通常相当准。

我关掉灶台上的火，让食物自然冷却。其间，我泡了一杯速溶咖啡喝起来。速溶咖啡虽然不怎么好喝，但有助于加快思考。杯子温暖着手心，脑海中浮现出只在雨天的公园里碰面的那个女子。

机缘巧合之下，我和那个不知名字为何的女子混熟了。

不知为何，我觉得她有点黏上我了。

不，被咖啡钓上的是我，所以应该是我黏上她了？

工作日上午，她在需要买门票的公园里喝啤酒吃巧克力。一般来说，这怎么也说不上是正经人吧。应该说，从一开始，她就带着浑身破绽出现在我的面前。

这个年轻女子总是把头发梳得整整齐齐，化着得体的妆容，穿着毫无褶皱的全定制或半定制的西服，脚上是保养得十分漂亮的鞋，却一大早就喝得醉醺醺的。

她到底是什么来头啊。

乍一看她像是精英阶层的上班族，但我不曾听说有哪个公司允许二十几岁的职员喝到中午才去上班的。

虽是这么说，但她又完全不像做风俗行业的。由于在餐饮店里打工，我看过醉汉无数，她那张脸并不是刚通宵了的面孔。化妆也好服装也好，很明显是起个大早一一收拾的。相比之下，我的母亲做着大学职员这种相当正经的工作，看上去却远远比她风俗。

我不在的时候，她好像会看看文库小说打发时间。她在待人接物上很知性，说起话来也简练，偶尔又会露出孩子般的反应。她还曾说起和大学有关的事情。

——是研究人员吧。

我猜她大概是文科博士后或还未就业的博士，从年龄上来说差不多。这样就能说明为什么她在时间上比较自由了。

出身优越的大小姐在大学毕业后留校，继续自己热爱的研究。

这样的想象或许太模式化，不过看起来挺像那么回事。

下次换个方向做猜想吧……

然而，我意识到自己想得这么深，都是以今后能定期见到她为前提的，顿时感到愕然。别开玩笑了。假如和那种游离世外的女人一直厮混下去，我要回归社会更是遥遥无期了。尽管我又怕麻烦又叛逆，但好歹想拿到高中文凭。要是因为每天一早和那个人把酒言欢，最终落到不得不接受失足少年辅导的境地……

——这可不是开玩笑的。

想是这么想……

可脑海里冒出的还是她晃动着的头发、自然的睫毛以及不时吐露的轻声叹息。我居然记得一个个细节，不禁感到困惑。

没错，也就是说，我有所期待。

早晨，我透过落地窗看到灰色的玻璃和淋湿了的阳台。这种天气颇为微妙，不知是有雨还是多云。我走到阳台，试着伸出手心，微微感受到接近雾气的细小雨粒。

或许她买了两杯装在加盖纸杯里的咖啡欧蕾正等着我。

一种近似焦虑或者说不安定的情绪袭上心头。

不可思议，那样的地方居然为我预留了一个位置。

奇妙的是，尽管内心躁动，我却不觉得厌恶。

若是去学校，那里也有属于我的桌椅，但我从来不觉得是为我准备的。

这时我突然想到一个主意，既然前几天她请我喝了咖啡，那我不如做早餐带给她当作回礼吧。时间不多，只能做一些简单的食物，但至少比便利店的巧克力像样一点吧。要是她不想吃，我还能当成自己的午餐。

我打开冰箱开始物色，发现有剩下的鳕鱼子，便放进烤箱烤了一下。我捏了三个小饭团，分别放入梅干、佃煮（**注：一种下饭菜，材料多为海产，也有植物或菇类，加入酱油和糖等调味料炖煮收汁而成，味道浓厚**）和烤鱼子，再用海苔卷起来，然后打了鸡蛋，加入白高汤（**注：由白酱油、高汤等调料混合而成的调味品**）调味，麻利地做了一份高汤蛋卷，又拿保鲜膜包了一些腌菜，最后将这些食物分成两份，分别用铝箔包好。不过，那个买定制服饰的女子见到这么朴素的早餐，到底会不会高兴呢？

我来到公园的凉亭。今天，她也买了用纸杯装着的咖啡欧蕾等着我。

“连同上次的份，这是回礼，不过看上去不怎么体面就是了。”

我把卷在铝箔里的饭团便当递给她时，她露出疑惑的表情。

“是早餐啦。感觉你都没有好好地吃饭，我便惦记着。不需要的话，可以还给我。”

“是你的母亲做的？”

“怎么可能？我妈可没这么能干，是我做的。”

“是你做的？”

“很意外吗？”

“嗯。”

为了表示里面没有放什么奇怪的东西，我先把自己的那包打开了。于是，她也跟着打开铝箔。

“哎呀……”她突然不说话了，只是直直地盯着我做的饭团，“像我奶奶做的便当。”

起初我以为她是不吃别人用手捏出的饭团，现在看来并不是。

她仔细地端详了半天后，用指尖捏起一个饭团，小小地咬了一口。过了一会儿，她的脸上浮现出些许惊讶的神情。

“有米饭、盐和海苔的香味……”

“因为是用米饭、盐和海苔做出来的嘛。”

“我不是这个意思，是说它们都是有味道的。”

女子说着，一小口一小口吃起来，仿佛舍不得吃完似的。怎么说呢，她看起来实在太投入、太享受了，我情不自禁地盯着她的侧脸看了很久。但一直这么看着会觉得不好意思，我只好打开自己的那份，啃起饭团来。

味道很普通。听讲究的人说，早上捏的饭团要放到中午才好吃，因为盐分渗入米粒大致需要花这么多时间。我心想原来如此，似乎是明白了，但其实分不清其中的区别。早上吃还是中午吃，我觉得都一样。从根本上说，我认为这种家里做的饭团，不管是谁做的，应该都没什么两样。

至少我并不觉得自己做的饭团能让人感动到叹气。

女子慢悠悠地吃完了这份朴素的早餐，把铝箔折得四四方方的，然后收进包里，取出瓶装绿茶喝起来。

“总觉得我好久没吃过这么像样的食物了。”

“你平时都是怎么吃的？”

“如你所见。”

“没有米饭，吃巧克力不就好了——你是这个意思吗？”

“正是。没有水，喝啤酒不就完了？”

我们俩相视一笑。在这不算长的交往时间中，我好像还是第一次看见她笑。看着那张天真无邪的笑脸，我在心底暗暗喊了一声：啊，不妙。

就是那样吧。

我喜欢上她了。

13

在那之后又过了好几个雨天，每次我都会去公园与那个女子碰面。早上醒来，感受到外面下雨的气息后，我就会欢欢喜喜地去厨房做一些简单的食物。菜品各式各样，有时只有饭团，有时也会用烤好的薄吐司片和自己腌制的鸡排做三明治，或是用现成的寿司醋和樱花鱼松，配上蛋皮丝和现成的腌菜做什锦寿司饭。总之，我花了心思。

我之所以变着法儿换花样，是因为有一种充实感。只要带饭过去，她就会特别高兴，然后说着“很有味道”“有点味道”等略微有些区别的话语称赞我。她表达感想时很特别，和一言不发只顾着吃的哥哥大相径庭。既然她会高兴，我当然更受鼓舞，于是花样换得更多了。不过，那种一看就是精心准备、付出了努力的食物，反倒会让人扫兴，所以我拉了一条准绳，只准备用手边现成的材料能做出来的食物。

“可是，为什么你就能做出这么好吃的东西呢？”

她曾经这么问过我。

“这个嘛，因为我有一双魔法之手呀。”

我答道。

“魔法？”

“世上有些人拥有魔法之手，会自动让食物变得美味哦。”

“好强大……”她顿了顿，“……的自信。”

她接着说道：“我还以为你会回答‘因为饱含着真心’呢……”

“真心什么的一点也不真实，不是吗？”

“是吗？”她轻声地说，“你周围的孩子们也是这样吗？”

“谁知道呢……我是不知道别人如何，人很难感受到无形的东西吧，比如真心之类的。”

“真心，对了，还有爱。”

这个字从她嘴里蹦出来的瞬间，我的心猛地跳了一下。话题突然变得宏观。

“可不是吗？谁都不清楚是不是真的有爱或真心吧。”

“就算真的有，眼睛也看不到啊。”

“我啊，就是不行。”

“你指什么？”

“做饭。不管做什么，真的都很难吃。我把自己觉得能吃的端出来给大家，他们都是一脸复杂的表情。”

“但你的指甲涂得很漂亮。”

“咦？”她看了看自己的指尖，随后像是要藏起来似的握紧拳头，看着我说道，“你有时说话真的不像高中生呢。就像你说的，我是一个只会涂漂亮指甲却不会做饭的女人。”

“我说，你有没有想过，饭菜做得不好吃可能是因为你没怎么花心思呢？”

“嗯……我倒是没想得这么清楚。”

“或许也无关，只是技术问题吧。”

“是吗？”

“我觉得就和指甲涂得漂不漂亮，妆化得好不好看是一个道理。”

“啊，我的妆化得好吗？”

“我觉得很好啊，很下功夫。”

“因为下雨天要和你碰面，所以特别花心思呢。”

“真的假的？”

“假的啦。”

“什么嘛。”

我一边笑，一边假装生气似的靠在椅背上。

“只有化妆这件事，我经常被人夸，不过还是第一次被男高中生夸。这么一说，我从来就不会为化不好妆而烦恼过……”

“做饭什么的也是一样吧。”

“真是不可思议啊。人为什么会有擅长和不擅长的领域呢？”

“做得好或不好，也没有什么特别的原因吧。我觉得其实没什么道理可言。”

不知为何，她沉默了。最近她经常会突然闭口不言，或许是我不小心按下了她心里某个微妙的按钮。

过了一会儿，她低声细语道："你这么会做饭，将来可以当一名厨师吧。"

"哈哈哈，那也不错呢。"我本来想这么打趣，但什么也没说。

随便打打太极很简单，但她这句话让我有点犹豫。

"我应该不会当厨师吧，不过，将来的事谁也说不好就是了。"

"是吗？感觉还挺适合你的。"

"要说适合，也算适合吧。你上高中的时候，清楚自己将来想做什么吗？"

"嗯……算是比较确定吧。"

"那还真是了不起。"

"了不起？"

"前几天，电视节目里有一个看似挺有学问的人说了这么一段话：过去的孩子啊，你问他将来想干什么，他立刻能答上来。可现在的孩子呢，他们没有能力去拥有一个明确的梦想。"

"嗯，然后呢？"

"我想，说这话的人怎么不去死呢。"

她一脸惊讶，随后笑了。

"我有点明白你的心情呢。"

"你能明白？"

"外界会对孩子施加压力，让他们必须成为某种人。而你说的那番讨论忽视了这一点，是这么回事吧？"

“没错。”

我们——我也不知道自己是否能代表别人——对于自己可能将一事无成这一点感到恐惧。

不，岂止只是可能，我们的确会一事无成。

因此，我们才会小心翼翼，避免将“想做什么”这个问题的答案具体化。

具体化之后，我就会痛切地明白自己无法成为那种人。

我已经听烦了周围的人口中那些“你无法成为那种人”的理由。

可他们一边说着不可能，一边又让你毫无顾忌地讲出梦想，简直是疯了。

“或许在过去某个时代，人们的确能无所顾忌地谈梦想吧……不过，我也不知道是多久以前的事。或许那时的选择本来就不多，所以才能轻松地说出来。”

“嗯，我想是的。”

“可现在不同了。伴随着那么多机会而来的还有这么一句话：‘如果你没能成为期望中的那样，就要怪你自己不努力。’也就是说，没有完成目标就算输了，人们被强行塞进这么一个游戏框架中。我自然就不想玩这种自说自话的游戏。”

“嗯。”

“不仅如此，周围的人还会告诉你：‘不管你将来想做什么，都要先拿到大学文凭。’你看，这说明他们根本不相信你的梦想。因此，何必考虑具体的未来规划呢？随遇而安过完一生算了，这种心态再正常不过了。只是我们，或者说他们，多少还算聪明，没有随便跳进别人设定的游戏里。”

“还真是感同身受啊……”

她晃着腿，视线则移向上方。

“你在学生时代不曾这么想过吗？”

“想过，可我不知不觉就忘了这回事。”

“好吧，一旦进入社会，大概就和那些事无缘了吧。”

“不，我倒不这么想……”

又是一阵不明所以的沉寂。这个人沉默的时候有种难以形容的感觉，好像在内心慢慢地咀嚼着什么。人不可貌相，她或许是一个相当纤细而感性的人吧。

——人不可貌相？

这么说来，我发现最近都没看到她喝啤酒了。至于巧克力，说不定她藏在包里了，但至少没有再在我的面前吃过。

一开始看到她时，我觉得她空有一张漂亮的脸蛋，举止却大大咧咧的。现在她不知是有心悔改，还是要给身心正直的青少年做榜样，总之，不再出现那些举动也算是一件好事。

——只要别蛮不讲理就行了。

我正这么想着，就听见她问我：

“话说，将来你想做什么？不当厨师也不上大学的话，你会做什么呢？”

我明显表露出厌恶的情绪。她问出口的那一瞬间，我差点要对她由爱转恨。

她嘿嘿地笑着，连声道歉，然后说道：

“这种时候只要两个字就能让对方闭嘴了，你知道是什么吗？”

“什么？”

“隐私。”

的确非常管用。

14

两周后的某一天，我收到一封信。之前我向浅草的几家制鞋专科学校申请了入学指南，寄信人便是其中之一。信里有一张邀请函，问我有没有兴趣参加他们的一日入学体验。

之所以萌生去体验一下的念头，或许是受到公园里遇到的那个女子的影响。我开始希望尽早成为能赚钱养活自己的人。我想快点进入社会。

我预约了周六去参观，一早便按照信中地图的指引，出发前往制鞋学校。学校位于住宅区里，从浅草站步行约十五分钟即可到达，建筑看上去不像学校。一楼是装了玻璃幕墙的展示厅，可以接受全定制鞋的订购。地上铺着朴素的地板，踩上去会发出动听的脚步声。玻璃柜里并排放着好几双样板鞋，全部采用上等皮革制成，完美的镜面抛光看得人如痴如醉。之后我才了解到，这栋楼的二楼是工作间，三楼是教学设施。这里的主业其实是制鞋工坊，人才培养则是附属的业务。

这天接受体验入学的只有我。负责接待我的是一个三十五岁左右的英俊男人，他穿着灰色衬衫和优质夹克，即使是和我这个高中生说话，也一直用敬语。

“为什么您在这个年纪会想学习制鞋呢？”对方问道。

我们来到展示厅的桌子旁，这里大概是用来商谈的地方。

“我猜可能会被问到这个问题，便准备了答案。”

“请说。”

“我想到了几种回答，但说真的，硬要说出理由其实挺牵强。可若要说真心话，除了‘单纯被鞋吸引了’这个原因以外，又没什么好说的了。”

“我明白这种感受，不过，能否先说说您准备好的那些理性动机呢？”

“其中一个原因是，欧式鞋是一种立体造型物。举个极端的例子，我对日式草履（**注：这里指日本的一种传统鞋履，外形与木屐相似，用于搭配和服**）就毫无兴趣。要说两者有什么不同，就是平面和立体的差异吧，像这样把鞋托在手上……”我用手在空中比画着旋转鞋子的动作，“横转竖转的话，能看见它不同的侧面，我想自己就是被这个吸引了吧。”

“您的回答很有意思，您知道有种说法叫‘西服是立体的，而和服是平面的’吗？”

“咦，不知道。”

“和服要折叠起来放进壁橱里，而西服要使用衣架垂直挂起。因为西服是立体式设计，折叠起来也无法变成平面。”

这么说来，的确如此。

“立体的欧式鞋和平面的日式草履，其实就像西服与和服的对立吧。”

“是因为日本人不善于掌握立体的事物吗？”

“不，日本人也能创作出宏伟的佛像，与其说擅长不擅长，更多的是文化喜好上的差异吧……您继续说。”

“还有一个原因是我的亲身体验。有些鞋店会根据顾客的情况，对市面上出售的普通鞋垫做个性化定制……”

我说了西新宿的一家鞋店来做例子。

“您知道这家店吗？”

“啊，我听说过，好像很多运动员都会去那里买鞋。”

“那是我母亲介绍给我的，每次想买运动鞋，我一定会去那里。第一次穿上的时候，我受到极大震撼，仿佛自己的脚掌终于有了正确的形状。或者说，那时我才知道，自己与生俱来的脚掌其实是那么不完善……”

“我能理解，”他点点头，接着说道，“给自己做鞋的时候，我也有同感。”

“什么？”

我瞪大眼睛看着面前的这个人。

“这里的工作人员都是制鞋师，包括经营者、业务员和文员。”

“啊，原来是这样。”

“世上的大部分人不会去质疑自己脚掌的形状，毕竟这是与生俱来又形影不离的东西。可正如您所说，它往往没有长成最适合本人走路的形状。若只是穿着批量生产、仿佛取了最大公约数制成的鞋，人很难意识到这一点。而让人们认识到这个问题，可说是现代制鞋师的一个任务吧。”

“嗯……”

“制鞋并不是做一个东西把脚包起来就可以了，可以说，是要为人们做出一双浑然天成、理想的脚。因此，我认为制鞋师的使命就是让人们能走得更长更久。”

一整个上午都是单方面的授课。桌上摆放着鞋的部件和还未制作完成的样板鞋等。按照顺序观摩下来，就能对鞋的构造有一个基本的认识了。教学过程中没有抽象的东西，完全是应用实践。

我拿出自己带来的几个东西，寻求对方的意见。我带了仅仅将皮革缝合后制成的简易鞋子、用缝纫机缝好的纸样（皮革实在太贵了，不好用来练习）、用石膏和木片做出来的鞋楦，等等。很多部分的做法都有问题，对方为我一一进行调整。

下午开始见习，也就是实际做鞋。当然，即便是专业制鞋师也不可能在一天内完成所有工序，我只体验了绷楦这一项。绷楦是指把甲革（**注：指鞋面的皮革**）绷到中底（**注：鞋面和鞋底连接的地方，一般较软，起缓震稳定的作用**）上，也就是将鞋子的底面与上半部分进行合体。中底和鞋面都是事先准备好的。

将现成的鞋楦压到中底上，然后蒙上甲革。用鸟嘴钳这种金属工具将皮革往底部拉伸，再用专门的缝针固定起来。拉伸皮革时无比费劲，感觉是使出了吃奶的劲儿拉扯，然后强行固定。

“如果真的把脚放进去，包得这么紧恐怕得疼死吧。”我说，“可以不放进鞋楦，直接缝合起来吗？”

“不能。这里必须利用皮革的伸缩性，做出完全贴合用户脚部的形状，否则就没有意义了。鞋楦要一直放在里面，直到皮革充分伸展成型。”

“大概要放多久呢？”

“鞋楦要放一个月。”

要完成对方所说的操作需要花费相当多的时间和力气。完成之后看到那像模像样的形状，一种成就感油然而生。不过，好几个地方都留有褶皱。当然，这种东西和真正的商品相差甚远吧。

我说了自己的感想：

“鞋这种东西，真的只是用线把皮革缝起来就能制成啊。”

“没错。皮革、线还有蜡，原则上，有这些东西就能制鞋了。”

“我以为现在的鞋子是用黏着剂之类的东西来缩短工期的。”

“当然，工作间和制造商为了兼顾成本等因素，常常会使用这样的东西。这也无可厚非。不过在我们这里，教的还是过去那种只用皮革和线制鞋的方法。”

“这是为什么呢？”

“您觉得是为什么？”

我请他给我一点时间，然后开始思考。大致整理完思路后，我说道：

“简易化操作是建立在原本那套复杂程序的基础之上的……也就是说，一种是知晓这项工序的原始意义，在此基础上主动选择了简单的做法，另一种是只知道简化法，并以为它就是原本的操作，这两者之间是有区别的。”

“正是如此，”他点了点头，“没想到您这么年轻，却想得如此透彻啊。”

“我平时会做饭，”我解释道，“经常看一档烹饪节目，里面的老师会热心地教大家用海带和鲣鱼干做高汤，不过他也会说，如果太忙没时间，可以用现成的高汤包或高汤粉代替。他说，虽然用高汤粉也可取，但你得知道真正的高汤是用鲣鱼干煮出来的，这一点非常重要。只要知道这一点，你就能品出味噌汤的不同味道，而不会一上来就认为它们都是用高汤粉兑出来的……”

“真是一事通则万事通啊。”

“冒昧问一下，虽然只有今天一天不好判断，但您觉得我能成为制鞋师吗？”

“这真的不好说，毕竟这不是一个酒香不怕巷子深的时代，这个行业也并非如此。如果要自己开店，还需要相应的经营能力，并不是只会制鞋就行了。”

“也是……”

“不过，制鞋的能力是一个大前提，没有这种能力，后面的事都免谈了。从这个意义上说，只要仔细地、系统地去学习，掌握这门手艺应该是没问题的。毕竟像您这样在接受教育之前已经自学制鞋，还把作品带来的人是凤毛麟角。”

“我的心里还有一个疙瘩。不知是不是无法适应学校这种环境，我就是不爱上学。我受不了别人给我灌输东西，上课时总在和自己的冲动做斗争，以免下一秒就踢翻椅子跑出去，所以才一直在自学制鞋的道路上摸索。”

“嗯……”

“所以，我担心付了学费之后会出现刚才所说的情况。”

“这样啊……”他低头思考了一会儿，随后慢慢地说道，“不过，您现在和我们学校取得联系，说明对于这个问题，尽管没有最终解决疑惑，您还是给出了自己的答案吧？”

说中了。

“您能具体说说情况吗？”

“……其实，最近有一个熟人和我说了一句话：假如是天壤之别的差距，那就无所谓了。”

“这样啊。”

“也就是说，在初中和高中里，老师和学生之间看不到所谓的实力差距。老师基本就是照本宣科，课本上没有的内容，在教学辅导书上也能找到。因此，即便和老师面对面，学生也不觉得他拥有自己触手不及的非凡能力。”

“或许吧。”

“可大学和专科学校就是另一个世界了。听说在学习专业知识的地方，老师和学生在知识与经验上有着压倒性的差距。学生每天都会直观地产生这种感受，所以接受老师的教导或许就谈不上痛苦了……甚至可以说，要是不努力跟上老师，学生随时会被甩掉，根本没空在意那些细枝末节，或许也就不存在厌学的问题了，这是那个熟人说的。我这才知道，原来还有这样的事。”

“您的友人说得很对。”他继续说道，“看来您身边有知性的成年人在影响着您呢。”

“不，恐怕并非如此。”我答道，“我身边净是一大早就喝啤酒吃巧克力的人。”

入学体验全部结束后，外面已经天黑了。

“最后想和您说一件有些多余的事，可以吗？”

我行完礼刚想走，对方就叫住了我。

“请说，什么事？”

“您很年轻又充满力量，而且善于感同身受，希望您能思考一下如何帮助他人。”

听到这句话时，想必我的脸上堆满了困惑吧。

“咦……您要说的不是制鞋吗？”

“不，可以说制鞋也是其中一种方式。”

我越来越听不懂了。

“说来或许不着边际吧。您提起身边有古怪的成年人时，我突然想到了这一点。头脑聪明又善解人意的人往往活得很辛苦。敏感有时也是一种脆弱。”

“……嗯。”

我仍然不太明白，只是点点头。

“或许您现在光是自己的事就够忙活了，不过遇到这样的人时，或许可以试着帮对方一把。”

“这是要我变得成熟一点的意思吗？”

“不是。或许您自己想快点长大，但把长大成人当作一个笼统的目标其实毫无意义。我是说，要让自己拥有一颗敏感且坚韧的心，这与儿童还是成人无关。很多人做不到这一点，所以我觉得，能做到的人就应该努力去做到。”

我还是不怎么理解。

“具体应该怎么做呢？”

“我想应该展现出一种奋力前进的姿态吧，这是第一步。”

15

夜里醒来时，时钟指向凌晨两点。

我望向磨砂玻璃，只见青绿色的人造光闪了几下，然后变成红色。那是远处的人行道信号灯。之前不曾看到这样的灯光，现在如此明显地映在窗户上，应该是因为光线投射到了湿漉漉的水泥墙上，也就是说，外面肯定下雨了。

我有点口渴，便起身去了厨房。狭小的饭厅亮着灯，桌上的晚饭还盖着布巾，原封未动。

哥哥没有回来。

我用杯子接了自来水，站着一口气喝下两杯。看来哥哥和女友吵架了。如果要加班，哥哥会告知我一声；如果是去和女友约会，他也会实话实说。像这样一声不吭，多半是突发性地与恋人见了面，并且发生了争执，以至于没空联系我。

——同居的事不会黄了吧？

我一边当作事不关己，一边又担心起来。不用帮忙搬家倒是挺好的，可他要是总像困兽似的在屋里踱来踱去，那也是够烦的。

我用保鲜膜把没动过的晚饭包好，塞进冰箱里。继续放在常温下就该坏了。我在椅子上坐下，百无聊赖地打开电视。电视上正在播放一部外国电影，我便吃着有点发潮的煎饼看起电视来。电影里是看似初中生的女孩在雨夜街头干掉大块头男人的场景。女孩面不改色地把手枪放进包里，扬长而去。看来这是一部以少女暗杀者为主题的电影。

我看了一会儿。其实我几乎不看电影，因为静不下心来，一个小时都坐不住。不过，这部电影我能看下去，原因是——

她穿的鞋真不错啊。

结果我还是被鞋吸引了。她穿着一双平淡无奇的锐步牌运动鞋，但质量很好，和她十分相称。

重点是，这双鞋穿了很久，却没走形。我们平时见到的那些穿久了的运动鞋，基本上都走形得没边了。

虽然很旧但没有走形，说明主人穿鞋十分当心。比如说，绝对不会系着鞋带就穿进脱出。

这是电影，是一部作品，所以这双鞋应该是造型师准备的吧，但真的很用心。不过，或许是演员自己的鞋也说不定。换了鞋后，走路方式会随之改变，继而影响演戏，出现这种情况也不是不可能。

用枪时有什么感觉？女孩回答道："很痛快。我的意思是，我很喜欢火药在手里爆炸时的触感。我是说，想做什么的时候，脑海里也会产生情感的爆炸。而火药的爆炸与它是同步的，我很喜欢这一点。比起刀之类的武器，手枪是一种更贴近情感的道具。"

我一边听一边想，是这样的吗？毕竟我从来没开过枪。

不过，我很喜欢“贴近情感的道具”这种说法。听杀手聊手枪，心里多少会有点别扭，但我能明白，手边如果有这种道具，心情确实会好起来。

最重要的是，这句话是用心穿好鞋的人说出来的，我当然能欣然接受。

既然兴致上来了，我决定像模像样地看下去。我在存放干货的篮子里找到小包的乐之牌饼干，然后从冰箱深处找出很久以前喝到一半的红酒。我把身体埋进靠枕里，一边看电视一边就近找了杯子，倒入红酒喝起来。在这样的深夜里，不必听任何人的意见，还能一边看犯罪片一边喝酒，实在太开心了。所谓的自由，大概就是这种状态吧，就是在深夜里看电影、喝酒、吃夜宵，既不会有人对你说夜里该睡觉不许喝酒，也不会有人指出吃夜宵会发胖。这种单纯而原始的自由真是令人心情舒畅。

哥哥很快就要从家里搬出去了，这么一来，我每天都能这么自由了。

实在是太棒了。

这种简单的自由不一定能给人带来幸福。

比如一大早漫无目的地来到公园，坐在长椅上喝酒，这种情况不会受到任何人的指责，但她看上去一点也不幸福。

从早上就开始喝酒，会导致生物钟乱套，这么一来夜里会睡不着，可能就会看一部不怎么感兴趣的深夜电影吧。我倒是觉得，在这种时光里体验到些许幸福，支撑着自己独自前行，其实还挺美妙的。可是对她来说，并不是这样吧。还是说，我也逐渐不这么认为了？

我不明白……或者说，我现在还不明白这种状况。

——说来，最近都没看到那个人喝酒了。

是因为有我在吗？那是肯定的。或许只是受到道德驱使，觉得不该让少年看见饮酒的场面，而且……

想到这里，我突然意识到了。

——都是因为我嫌这嫌那，指手画脚的啊。

“一大早喝酒配奇怪的下酒菜对身体不好”“不如我带些正经点的食物来吧”……她闭口不言的时候，都是我在干涉她独享自由啊。

——我是不是很烦啊……

然而，我设身处地一想，如果真的觉得我烦，她只要拒绝我甚至换地方就行了，但从她本人的态度来看，似乎并没有那么不快。

我再次感到困惑。换作是我，肯定会觉得不高兴吧。我这个人啊，完全无法忍受别人指手画脚，甚至到了无可救药的地步。我甚至想象不出听命于他人的自己会是什么样子。

她曾经说，情况不一样了，受人教育也变得不那么痛苦了。真的是这样吗？

我看着电影喝着红酒，琢磨着这个问题。

话说，红酒这种东西又酸又涩，我实在喝不下去了。我从来不觉得红酒好喝，只是喜欢那种微醉的感觉，才无奈饮之。不好喝可能是因为它很廉价，也可能是放得太久了。

据说喝惯了就会感受到它的美味，是真的吗？

“喂。”

我感觉自己的侧腹被谁戳了一下，便醒了过来。意识到对方用的是脚后，我暗自咂了咂舌。

“现在是几点？”

“七点半，你在等我？”

“没有，怎么可能？”

哥哥似乎只是为了换身衣服才回来的。他一边换白衬衫一边说：

“高中时有个老师的鼻子特别灵，能闻出哪个学生在前一晚喝了酒。”

“那还真是厉害。”

“都不用闻，你的脸就先露馅了，瞧你的表情就像醉鬼似的。”

“在下雨吗？”

“下下停停的，说不清。”

“只要在下就没问题。”

我看着哥哥去上班后，慢条斯理地洗脸，仔细地刷牙。人是感觉不到自己身上有没有酒味的，但我多少觉得全身还残留着红酒那种滞涩的余韵。

我换上校服穿上鞋，出了家门。撑开透明塑料伞后，雾气般细小的雨粒便附着在上面。这也算在下雨吧。

然而出了新宿站，这靠不住的雨完全销声匿迹了。云开日出，阳光像要烤干那些湿漉漉的高楼一般普照大地。啧啧，还真的不能叫雨天了。

喝酒喝到将近早上五点后，今天我完全提不起劲去上学。

可是，我也不想去公园。要是她不在，那就太无聊了。可要是她在，又会出现尴尬的局面。在不下雨的日子里，我并不想在那里见到她。我和她是因为下雨才不得不一起待在那里的。不下雨就不用躲雨，而在这种情况下碰见彼此，必然会节外生枝。

是的，今天我才算是明白了。

在不下雨的日子里，我绝对不想在那里遇见她。

如果遇上了，我们之间那点微妙的距离感肯定会被破坏殆尽。从此我再也无法遇到她了。

我转身往远离那座公园的方向走去，一个劲地往西走，硬撑着疲惫的身体，扛着收起来的伞前进。雨后初霁的阳光灌入西新宿那雪白靓丽的高楼群里，仿佛能看见混凝土正被慢慢地吸去水分。我的额头冒出薄薄的一层汗，夏季的气息悄悄地爬上背脊。

是啊，夏天来了。

梅雨总会过去。

我再也不能摆架子，一到下雨天就休息了吧。

我不想走在太阳底下，便就近钻入地道，这个入口通往东京都厅的地下。

我没有多想就乘上了电梯。

我留意着斜上方不断增加的楼层数字，轻松地想着，都厅应该不至于把我这个东京都民赶出来吧，这里又有空调，找个能坐下来混到中午的地方应该不难。

我原本打算随便在某一楼层下来找一家咖啡厅，却发现自己坐的似乎是直通高层的电梯。

中途没法停靠，结果我一口气上到展望室。

首先映入眼帘的不是脚下的街道，而是广阔的苍穹。

我走到玻璃窗前，面前出现的是地面上绝对见不到的视野，如广角镜头那般饱满。群山紧贴着远处的地平线，云层很远，云缝间渗出金色的光芒。

关东平原好平啊……我的脑中出现了这种近乎愚蠢的感想。

与在地上相比，现在所见的世界要明亮得多，或许是因为能直接看到阳光照射在街道上的样子吧。

我垂下视线，鸽子成群结队地回旋着。

我沿着玻璃窗绕展望台走了一圈。

灰色的街道向着四面八方延伸，完全看不到尽头。

列车缓缓地溜出巨大的新宿站，看上去像铁道模型。

前方有一块被绿色环绕的空间，突兀地堆在地面上。就是那座熟悉的公园。原来，从上面看下去是这个形状啊。

从公园里也能看到都厅。我偶尔会远远地望上两眼，想象着这栋高楼大厦里的大人物今天又在谋划什么。

公园有森林作为屏障，那些耸立在远处的新宿高层建筑群仿佛和它不在同一世界里，但像这样自上而下看过去，森林的屏障就荡然无存了。

我在旁边的长椅上坐下，毫不厌倦地望着那座公园半天。

公园里有一座避雨的小凉亭，从这边绝对望不见。在那里，一个不知姓名的女子和我时而碰面时而不见，时而聊天时而沉默。

只是这样大致看上一遍，是绝对想不到那里发生过那些事的。

今天她有没有去那里呢？今天的天气很难捉摸。或许她以为我会去，买好了咖啡等着我。或许她这会儿正坐在长椅上。

我想象着和她有关的种种事情。像这样俯视下方，仿佛是上帝视角，让我打心底里产生了一种不安而伤感的情绪。

我心想，要是总能从这种高度俯视自己就好了。这么一来，我就不会为平时的那些琐事感到焦虑和迷茫了。无论走向哪边，停在哪里，或许都不会感觉到多大差别。能这么想的话，我大概离自由又近了一步。

雨后的大都市慢慢退去水分，我一会儿晃荡腿，一会儿跷起二郎腿，只是这么看着外面。

这时，我的脚碰到什么东西，是易拉罐。两个啤酒空罐并排着，紧挨在长椅边上。

在那一瞬间——

我感受到一发来历不明的冲击。

过了很久，我才明白那股冲击是什么。

或许又是愚蠢的联想吧。

然而，我就是无可救药地这么想了，那个想法在脑中挥之不去。

我想她是不是恰好前脚离去，之前就坐在这里呢？她是不是和我一样，因为雨停了不想去公园，便转身走向相反的方向，来到了这里，然后一边浮想联翩，一边俯视着那座公园呢？

这是不可能的。冷静一想，在茫茫的新宿街头，怎么可能发生这么可笑的巧合？只不过她恰好和啤酒空罐有交集罢了。

我使劲抑制住想去确认罐口有没有口红印记的冲动。

挣扎了一会儿后，我站起来去坐电梯。这时——

我突然觉得有什么非常重要的话必须对那个女子诉说。

16

前天晚上下了暴雨，我知道今天应该也会从早上就开始下雨。

闹钟响的时候，我正在浅眠中梦游。梦境里有一个路径笔直的洞窟，我战战兢兢地行走在其中。里面完全没有照明，却还是分得清岩壁和地面。一只小狗那么大的生物跑在前面，我在后头追着，但不知道它究竟是什么生物。

前方有亮光照进来，我知道接近出口了，却停下了脚步。个中原因不得而知，但我就是不想出去，不想走进光里，不想去看外面的景色。不愿醒来的情绪和不想出去的情绪达成一致，我在浅眠中停滞了相当长的一段时间。

一旁的哥哥关掉闹钟，起身时发出悉悉窣窣的动静。我翻了身，想远离这种杂音。一翻身，梦也醒了。我揉了揉脸爬起来，只见窗玻璃外像糊了一层糯米纸般灰蒙蒙的。

我走进厨房，打开灯。

我拿出两片面包丢进烤面包机，按下开关，又往锅里加水放进鸡蛋，点火。番茄切成片后就这么放在案板上，随后我便去卫生间洗脸了。

换完校服回到厨房时，哥哥已经先吃了起来。他给番茄撒上盐，让吐司吸收渗出的水分后再吃。早上的一切都是这么自动化，和哥哥的二人生活越来越精简了。我喜欢这样。

结果先出门的是我。哥哥好像对我说了一句："下雨了，还这么早出门啊？"

熬过电车内的人间炼狱，熬过鞋里进水的不快感，我走进了公园。沐浴着被雨冲刷后树木溢出的清香，我来到了熟悉的凉亭。

那里空无一人。

我没有在长椅上坐下，而是站在凉亭正前方，盯着饱含雨水的枫树枝沉甸甸地在风中摇曳。

等人的时候特别心神不宁。

好像把所有的时间都献给了对方那般。

两个人的时候，大家轮流给出自己的时间，所以是公平的。可等待别人的时候似乎不是这样。

看看书或涂涂鸦，时间不就过去了吗？然而，我提不起劲去做那些。不知为何，只有今天，我想让时间就这么流走。

所谓的祈祷，大概就是这样。

飘摇的枫树枝，水滴从枝头落入小河后激起的波纹，都像秒针一样宣告着时光的流逝。

我听着敲打在伞上的雨声，意识渐渐有点模糊。

不知过了多久，我感受到别人的气息，看到她还是撑着那把深粉色的伞，正往这里走来。

“喂，你看到藤棚那边的花了吗？”

她没有开场白，突然来了一句。

“是吗，在哪里？”

“那边，开得正盛呢。”

“那一起走去看看吧？”

不知怎的，她好像受到些许冲击。我则顺着她指的方向走了几步,然后停下等她追上来。像是要带路一般,她先我几步走在了前面。

我意识到，这还是自己第一次和别人逛这座公园。说不定她正想着同样的事。一直以来我们都只是坐着，沉默着，有一句没一句地聊着，如此反复。一走起路来，我才发现她的个头比我略矮一些。对于她穿了带跟的鞋还是比我矮这个事实，我莫名有点高兴。

藤棚上的藤枝有一半垂在池塘上方，沐浴着透过云层照射下来的光线，看上去像藤枝自身发出了青紫色的光。走进藤棚的阴影里，四周仿佛变得凉爽。小小的花瓣被雨打落，漂浮在水面上。

——紫藤花原来在这个季节开放啊……

我居然连这个都不知道，若是说出来，恐怕会被她嘲笑孤陋寡闻吧，所以我选择了沉默。

这么说来,《源氏物语》中有一个名为藤壶的人物，是不是可以把她想象成初夏的感觉呢？但总觉得不是那样的气质呢。

或许问问眼前的这位，她会不假思索地给出答案吧，但我决定说点别的。

“真漂亮啊。”

“是吧，真美。”她答道，“这就是‘自然万物，稀松平常’（**注：出自日本诗人北原白秋的诗《蔷薇二曲》**）吧？即便无人指导，它们也会自然地盛放、残存和凋零。”

我站在池边，没有接话。挂着雨滴的藤花沉沉地摇摆着。我伸手触碰了一下，雨滴随之落下来。

等她来到我的身边，我便说道：

“我啊，将来要制鞋。”

“什么？”

“鞋，你脚上穿的那种。”

“嗯……”

“我想把它当成职业。”

空气都安静了，然后她说出了那个我下意识避讳的词语：

“制鞋师？”

那一瞬间，一股压力从旁边涌了过来。胸口像被摁住似的，心脏跳得发出巨响。啊，幸好我不知道她姓甚名谁。这种想法要是让知晓姓名的人知道了，我会受不了的。

我没说“对”，没说“嗯”，也没说“是的”，只是轻轻地点点头。

“我还在暗中摸索，但想就这么顺着这条路走下去。我知道听上去很不现实，可我就是喜欢思考鞋的形状，再把它做出来。”

我说完这些就沉默了，只顾着看池边的景色。至于身旁站着的女子是什么表情，我看不见也不想看见。她是兴味盎然还是一脸善意，是困惑是怜悯是嘲弄还是漠不关心，我一概不想看见。我接着说道：

“当然，我现在的手艺还不精，这也是理所当然的……”

我知道她转过来看向我，但仍强硬地面朝正前方，所以不知道此刻她是什么样的神情。

“今天我想说的就是这些。”

她什么也没说，或许轻轻地应了一声“嗯”，但我不确定。

我很感激她一言不发。无论她说什么，我都会羞耻得想死。在她开口的瞬间，我就会意识到自己正怀揣着一个幼稚的梦想，还打算朝着它不断前进，而这个事实连我自己都看不下去。为什么此时她选择默不作声呢？为什么她能跳脱出“必须说些什么”的错误意识，进入自由的王国呢？肯定是因为她有着我无法想象的种种经验。单说年龄，我们相差应该不到十岁。然而，我和她之间一定有着无法轻易跨越的鸿沟。想必她见过世上的方方面面，都是我不曾有过的经历。我从她的沉默中明白了这个不容分说的事实。

终于，我听到她的深呼吸。我从未听过像她这样奇妙的气息。她的呼吸像是要吐出体内僵硬的包袱，正有意放松着不知何时变得紧绷的肌肉。那是从某些束缚中解放出来时才会有的深深吐息。

说不定，我在不经意间已经触碰到她心中的某样东西。

17

把心中所想的说出口，需要强大的力量，而这股力量也会给自身带来巨大的变化。

连续放晴的那几天，我满脑子都在想这件事。一言既出，就只能一往无前了。心中说不清的迷惘和恐惧被抛在身后，渐渐看不到了。取而代之的是，内心的个人领地逐渐扩大。踏上那块土地后，仿佛脚下就有了力量，以至于我觉得现在的自己好像可以高喊“恶灵退散”，大行驱魔之事。

有一天我去学校，班主任伊藤把我叫去了办公室。一走进去，他就说:“你知道为什么叫你过来吧？”我脑子里想着别的事，嘴上用“是”或“不”来随机搪塞，挨过了那段时间。看来他是在责备我没有认真地上学。把我听到的那一半谈话总结成两个字，就是威胁。要是我不听话，他就会在内申书（**注:由教员记录的学生在校表现情况，上级学校会以此作为选拔的参考**）上打差评，还要向监护人打报告。我的天啊，简直蠢透了，也只有没水准的人才会屈服于这种没水准的威胁。也就是说，只有深信这种威胁能奏效的伊藤才会屈服于它。

我并不介意内申书上的评价会多么糟糕，家里的母亲和哥哥也都是自由主义者，认为去不去学校无所谓。所谓的无关痛痒便是如此，即便我真的在意，对这个男人的蔑视恐怕也不会改变。我家的家训向来是:不必和张口就威胁你的人好好说话。我那个古怪的母亲就是这么把我培养大的。

我想着这些有的没的，用轻蔑的眼神看着老师，于是他很不自在地晃着椅子。思考问题的时候，我通常不会眨眼，视线也会固定不动。此刻我心里想的是，人为什么会变成像伊藤这样的德行呢?

他多少也曾因别人的高威而冒火吧。既然选择了教师这个职业，心里就该有与人为善的意识才对。然而，他怎么会堕落成现在这样呢？我会不会出于某种原因而变成他那样呢？像我哥哥那样，被工作和恋爱弄得身心俱疲，日渐颓丧。对他们本人来说，这种转变或许是痛苦的。当然，肯定也有人坦坦荡荡地接受了这种变化。

那个人又是怎样的呢？我所说的那个人，就是她。此时我想到的是，她是不是因为抵抗那种变化，而在经历什么苦痛呢？她没有好好地工作，甚至什么都不干，只是每天在公园里晃啊晃，但同时又打扮得体，妆容完美，无论出现在哪种公众场合都无可挑剔。然而，那确实是一种煎熬吧，或许是为了避免在外界的影响下越坠越深而进行的反抗。

我出了办公室后，在走廊上没走几步，便遇见了松本和佐藤。他们好像正要去办公室提交学生会的文件什么的。

“哟，怎么被叫去办公室了？”松本问。

“我基本没在听，所以不知道原因。”

“什么？”

“我一直在想，为什么人会变成自己讨厌的样子。”

“啊，这个我深有同感。”佐藤弘美仰天长叹，“人啊，总会在不知不觉间增重到自己讨厌的范围呢。”

“是吗，几公斤？”

佐藤弘美默默对着松本的侧腹来了一记肘击。

“好啦，想太多的话会秃头哦。”松本一边装痛一边笑着说，“人会因过于相信理性而毁灭。理性与欲望的调和是谓善哉。”

“哎哟，这是谁说的？”

“你觉得呢？”

“卡尔·萨根（**注：美国天文学家，科幻作家**）吧？”

“是看了《星球大战》第一到第三部的我说的。绝地圣殿的人还真是顽固啊，换作是我也会弃明投暗。对了，卡尔·萨根是谁？”

“是一个感觉会说这种名言警句的人。”

“话说回来啊，”佐藤弘美话锋一转，“我现在想吃比萨，肚子正咕咕叫呢。”

于是，那天我们去喜客大吃了一顿比萨。

我触碰到了她内心的某个部分，这种感觉在我的脑海中日益膨胀，就好像伸出手指尖后戳到了某种硬物一般。她的心中有着对我来说十分重要的东西，它通往某个隐秘的场所。我想知道那硬物究竟是什么，想牢牢地抓在手里，细细地确认它的形状。

这还是我第一次感觉触到了他人的内心。而且重要的是，它发生在我进行自我表述的时候。一直以来我都觉得，了解他人就是倾听他人。所谓的理解，就是从对方的话语中发现缝隙，再闪身而入。不过，事实或许并非如此。为了知道对方藏在心底的重要内容，可能需要先敞开自己的大门。假如真的是这样，至今我大概已经错过太多太多事物。

松本和佐藤又是怎样的呢？两人的关系仍然有些拘谨，他们是否探寻过对方的内心，是否试着在对方的心中发现对自己来说十分重要的东西呢？

我觉得自己在“雨女”的心中发现了今后必须获得的某种东西。至于那是什么，我现在还不知道。大概那是现在的我还无法获得的某类东西吧。这可能源于我们之间的经验差距，或是立场有别造成的。涌上心头的只有一种“自己尚不完满”的缺陷感。

我还不到十六岁，词汇量太少，以至于无法道尽那种焦虑感。在晴天里，我觉得自己好像处于一个极度幼稚的世界，内心只有焦虑。一想到有很多人正在目睹我尚未见过的世界，我就坐立不安。那个由“很多人”构成的假想团体集结成一种形式，以公园“雨女”的姿态出现在我的面前。在她看来，我就是一个乳臭未干的小鬼吧。而我想尽早摆脱这层外皮。

好遥远啊——

能说的只有这句话。

想看看尚未见过的景色。

想看看她视野中的景色。

啊，我想马上长大成人。我必须这么做，只要能成为大人就好了。

因此，我会在放晴的日子去上学，会屏住呼吸等待时间流逝，会在夜里打工存钱，不需要打工的日子则一心制鞋。尽管薪酬微薄，但这种自己赚钱的实感会让我感到安心踏实。夜深人静时分，在台灯青白色的灯光下，我专注地缝制皮革，切削中底，放入鞋楦，绷起甲革。我相信，这么做会让我看见新的景色。我确信，只需如此便能把我带去不一样的境地。

回过神来时，我发现自己在祈求下雨。早上一看到窗玻璃灰蒙蒙的，我就会情绪高涨。伴着雨声，我在厨房里做着便餐，那时勇气也会涌上心头。

有那么几天，每逢下雨，我都热衷于做三明治。我把丢在冷冻室里的面包拿出来，用烤面包机烤好后，涂上黄油和芥末酱。我会煎一下培根，同时切好番茄，撕好生菜。要是没有生菜，我就把卷心菜切成丝，撒点盐控出水分，倒点醋做成简易的腌菜。然后，我把这些都夹进吐司里，从上方压平后切去吐司边。要是冰箱里什么菜都没有，我就用鸡蛋弄个美式炒蛋，做成鸡蛋三明治。我做的美式炒蛋可是酒店早餐的级别，关键步骤是用小火慢慢地把蛋炒成奶油状，而且不能用平底锅，得用底部稍厚的小锅。慢慢搅拌蛋液的过程中，我的心也会变得暖洋洋的。没心思上学的时候，我才做得出这样的菜肴。

每次观察她吃早餐时的反应，我都感到十分愉快。她高兴起来总是很夸张。一开始我以为多半是她演出来的，但似乎不是这样。看来她的饮食生活真的索然无味。对于“有味道”这种奇妙的称赞方式，我也渐渐习以为常。她这么一说后，至少我能相信自己并非平淡无奇。总之，现在的我可以给自己做饭，不用依赖他人。

下着小雨的日子里，地面不怎么泥泞，我们会肩并肩在公园里散步。她总是撑着一把粉色伞，颜色接近李子色，看着很高档。我则一直拿着透明塑料伞。从上面往下俯视，我们看着就像颜色不同的两种蘑菇吧。她熟知植物的名称，不仅都叫得出口，还能立刻说出两三句和它们有关的短歌或俳句。我有些愕然，心想所谓的素养就是这样吧。再过几十年，我恐怕也储备不到这么多知识。

要是走累了，我们就会去到有屋顶的地方，坐在长椅上说说话。大多时候，我们都是交流彼此正在看的书或读后感。只是寥寥数语，我就能明白她是一个博览群书的人。我不是不看书，但太偏重于侦探小说，我们有交集的只有埃勒里·奎因和筒井康隆，还有丸谷才一的随笔。很多爱看书的人都有一个恶习，总喜欢给他人推荐所谓该看的书，她却完全不会这么做，说实话是令人轻松不少。

“毕竟书籍还是得靠自己去邂逅才行呀，否则毫无意义嘛。听人推荐不就和相亲一样吗？”

“你相过亲吗？”

“你觉得呢？”

“大概有过。”

她呵呵地笑着问道：“相亲到底要干什么？都是怎么安排的？”

“我的爱好是茶道和花道……那，两位年轻人一起去庭园里散散步如何……电视剧里好像常有这种场景呢。”

“这样的话，我们这会儿算是在相亲？”

她似乎在偷偷观察我的表情。要说我没有被她那坏坏的口吻挑衅到，那显然是骗人的。

有时她不会来公园，大多是在阴雨不明的日子。这时我会有一种掩饰不住的失望。

不过，一般来说，她不在反而是好事吧，就和上学总比逃学好是一个意思。

在这种日子里，我会一个人坐在长椅上，一会儿望望看似灰度图的天空，一会儿画画鞋子的设计草图。铅笔在纸上画出女鞋的形状，我想着，要是她就此不来公园了该怎么办，心里便生出一股无可挽回般的情绪。

或许是受到这种情绪的影响吧，那天夜里，我从鞋柜里找出母亲的一双高跟鞋，她大概一次都没穿过。然后，我把它的形状拷贝到纸样上。我已经为自己做过好几双鞋，但从未尝试过制作女鞋。

——真漂亮啊。

出自专业之手的鞋子当然没话说，光从外观也能看出它的昂贵与美丽。鞋子做工讲究，曲线精妙，非常优雅。男鞋的话，只要把整个脚掌包起来就能成型，而单靠这种想象无法做出这样的鞋。在台灯的光线下，它的形状令人联想到奇幻的宇宙飞船模型。母亲之所以一次都没穿过，或许是因为在她的存货中，这双鞋也属于特别贵的那一拨吧。一眼看过去，好几个部分都不知道是怎么做出来的。

说到公园里的那个人，我想起一件奇妙的事。

那是一个晴天，我本来打算去上第一节课，只是自然而然睡过了头。点名册上记个迟到已是在所难免，可要是算我缺席，升上高年级恐怕就有点危险了。从总武线换乘中央线时，在晴天里并不会“犯病”的我抓着金属杆奄奄一息。困倦加上起床后一路狂奔，我的脑子都转不动了。

就在我发呆的时候，有什么东西掠过了视野。只是一瞥，所以我也说不准。

车门关闭后，电车发动。那一瞬间，我好像看到她站在月台上。

最先映入眼帘的是那把熟悉的高档粉色雨伞，然后是穿着奶油色高级西服的背影和清爽的波波头。

就在我意识到的时候，电车加速飞驰，眼前的景色迅速消失了。

我不知道那到底是她还是一个感觉相似的陌生人。按常理来说，那应该是别人吧。

为什么我会留意到那一幕呢？是因为那个人站在总武线打开的车门前，完全没有要上车的意思。

车门大开，而那个人就像雕像一般，站在月台上一动不动，看着有点奇怪，有点阴森。

隔天，老天如我所愿下起了雨。我带着两个装着食物的小午餐盒，走进了公园。

她没有坐在凉亭的长椅上。她再也不会过来了吗？一想到这种可能性，我就有种浑身的血被抽干的感觉。

我盯着眼前的枫树枝看了大约十五分钟，不知不觉间拿出了制鞋的笔记本，随后一页页回顾自己过去画的设计图，发现男鞋的设计没什么问题，女鞋却有好几处从构造上无法实现的部分。我只是一味追求设计的创新，却没有深入思考该如何制作。拿出铅笔后，我对那些部分进行修改，开始思考实现创意的方法。

一旦开了头，我立刻就陷了进去。用纸、铅笔和头脑梳理并调整前所未有的构想，这个过程非常愉快。上课时也会用上这几样东西，怎么就一点也不快乐呢？

我感觉到身边有人，便抬起视线，只见她正走过来。我抬起头道了声早安，接着说道：

“还以为你今天不来了，你这样还没被炒鱿鱼啊。”

她收起伞钻进屋檐下，也没回应我的玩笑，只是带着郁郁寡欢的表情绕到我的身后。我以为她会和平时一样从我的身后走到老位子上，没想到她突然偷看我的笔记本。后方传来了她的声音：

“好厉害，在设计鞋子？”

“啊！我说你啊！”

我急急忙忙合上笔记本，像是要护住它似的趴在上面。

“不能看？”

“这可不能随便给人看。”

“是吗？”

“是的！去去，请到那边去。”

我像赶猫似的扬着手对她说。

她笑了。我如释重负地松了一口气。

之后，我把笔记本放进包里，毫无想法地望着眼前雨中广阔的日式庭园。天空下着小雨，笼罩着薄云，仿佛加了漫射滤镜般散发出独特的光芒。庭园里的小河、石块和树木也反射着淡淡的柔光。

“我打算吃个早餐……”我从包里取出餐盒，对她说道，“还是一起吃吧？”

“谢谢，不过今天我带了自己的份。”

“真的吗？你自己做的？”

“什么嘛，我有时也会做饭啊。”

她从自己的包里拿出一个小小的便当盒，解开外面包着的手帕，然后打开盖子。她带来的是女生特有的可爱便当，里面大致装着两个饭团配一点腌菜，煎蛋卷、现成的肉块还有用通心粉和南瓜做成的沙拉。

“怎么样，我还挺能干的吧？”

她那有点挑衅的视线和口吻像在说“快夸夸我”，给人带来一种无声的压力，我不由得冒出捉弄她的念头。

“真没想到……那我们交换吃吧。”

我没有静观她的反应，先一步伸出了筷子。戳进煎蛋卷里时，那种触感不大对劲，但我没多想就塞进了嘴里。

“喂，等……”

塞进嘴里后，我发现她并没有像我期待的那样，开口责备我的恶作剧。原因很快浮出水面，我咀嚼着嘴里的东西时，就像在咬碎石子。

奇怪，是哪里不对？照理说，煎蛋卷应该是软软嫩嫩的，不该发出这种碰撞摩擦的声音才对啊。

“我对做饭……”

要我说，这块煎蛋卷就是把带壳的生鸡蛋整个丢进搅拌机里打碎后，什么调味料都不加，直接在四方形的平底锅上卷出来的别的什么东西，否则根本说不通。若真的是这样，她到底为什么要做出这种玩意儿带过来呢？太莫名其妙了，简直可怕。

“唔，唔唔……”

我拼命嚼着那富含钙质的物体，听见自己的喉咙发出了不争气的呜咽。

“没什么自信……”

她的声音低得仿佛要沉入地心。然后，她用几乎听不见的声音说道：

“我不会敲鸡蛋壳……”

我瞠目结舌，她接着说道：

“你是自作自受。”

她说着，像投飞刀似的冲我扔来一瓶绿茶。我急忙伸手接住，一口气拧开瓶盖，仰天将液体灌进嘴里。绿茶卷走口中那些沙沙作响的东西冲入喉咙，我的眼泪都出来了，便揉着眼角，忍不住笑了起来，对她说道：

“没想到你这么笨手笨脚。”

“说什么哪。”

她噘起嘴。

“抱歉抱歉，哈哈哈。不过，嗯，还是挺好吃的，很有嚼劲。”

“你是在笑话我吧？”

“没有啦，要不我再吃一块给你看看？”

吃完早饭后，她看起了文库小说。我们没有对话，却不会尴尬，感觉非常舒服。耳边是翻书页的声响，我把手肘与背脊靠在长椅上，沉浸在满腹的幸福之中，不知不觉打起了瞌睡。

我做了一场短暂的梦，用电影术语来说，应该叫闪回吧。那个片段仿佛只有一瞬间，梦里甚至连画面都没有，只有感觉。

阳光透过树叶洒下黄绿色的光线，我、哥哥、父亲和母亲行走其中。那是一个假日，还是母亲的生日（我没来由就是知道这一点）。

地点好像是在某座公园，大概是因为我打瞌睡的地方是这里吧。

我、哥哥和父亲给母亲送了礼物。母亲打开那个看上去很高档的纸盒。

里面是一双闪闪发光的高跟鞋。

感觉那种亮闪闪的光点正在我闭着的眼皮上跳舞，而我自己正半梦半醒。眼皮上的亮光恐怕是薄云间的阳光照在河面上后产生的乱反射吧。那种光线很舒心，同时也在告诉我，离开的时候到了。

浅眠的快乐让人依依不舍，我闭着眼睛，继续安静而缓慢地呼吸着，好像仍在睡眠中。

“我说啊……”

现实中的嗫嚅没有一点玩笑的成分，以十分严肃的口吻乘着风传入我的耳中。

“我还坚持得下去吗……”

18

在那之后，晴天大约持续了一周。再次碰上从早晨开始降雨的日子，已经是进入七月之后的事了。而且，那场雨看着似乎随时要停下来，并不靠谱。

要是雨停了，我就无法再去那座公园了。

这是我暗自定下的不可动摇的规矩。要是没有了躲雨这个借口，和她共享时间与空间这件事本身就会凸显出强烈的含意。而在那种意义下，我恐怕什么都说不出来，她肯定也是如此吧。因此，趁着雨还没停，我早早地出了门。

这个雨天，天空只有边际浮着一层厚云，穹顶的云则非常稀薄，好像随即就能看到蓝天似的。西新宿楼群那边，许多光柱从云间斜射下来，据说那叫天使之梯。到达凉亭时，雨勉强还在下，似乎过不了几十分钟就会停。凉亭外面的小河非常平缓地流淌着，水面上架着小小的彩虹。定睛细看的话，似乎还能捕捉到光线的颗粒。我正这么想着，她就来了。

好久没有在这里见到她了。今天她和以往不同，穿着休闲服，下身是纤瘦的七分牛仔裤，搭配一件打着可爱蝴蝶结的上衣，看着就像少女一般。我还没来得及委婉地探寻她的变化，她就从包里取出一册大开本的书。那本横版书有很厚的封面，乍看之下像是绘本。

“这个是给你的回礼。”

她说着，把书递给我。

“回礼？”我重复道，同时注意到这是什么书，“啊，这是……”

“因为总是吃你的便当嘛。你说过想要这本书吧？”

这是一本用图示讲解手工制鞋技法的专业书，网罗了制鞋入门必需的知识，是国际制鞋师的标准书。它只有英文版，没有日文版。或许是因为这一点，所以我找遍日本的图书馆网站，也没有发现哪里有藏书。

我的确在不经意间提过自己想看这本书，但应该没有说出书名。也就是说，她依靠那些只言片语找到了这本书，并从国外买来给我。

我在一瞬间理出前因后果，接着将一句非常不合时宜的话脱口而出：

“这么贵的书……”

说到这里，我便打住了。按照世间常理，这时可能得先说一句“实在抱歉，我不能收下”之类的话推辞一下，但我觉得这么说实在不妥当。

于是，我端正坐姿，倾斜着上身，用不怎么好看的姿势鞠了一躬。

“非常……感谢。”

她则回答道：

“不用谢。”

当时她的笑容啊……

怎么说呢，我搜肠刮肚却找不出合适的词，那是我第一次感受到她的可爱。

为了掩饰内心的动摇，我看向手头的图书，随即沉迷其中。里面毫无保留地记述了我还不知道以及将来不得不学习的方法，简直就像在窥探商业机密，令人大吃一惊。虽然我的英语很差，但只要熟读本书，照着它所说的一一实践，我肯定会达到一个全新的高度。这种预感令我颤抖。接下来的一段时间里，我一页接一页埋头于书中。不知道在她的眼里，此刻的我是什么模样。

不过，光看着平面印刷的信息，还是有些知识无法获取。

而我需要得到它们。

想到这里，我突然紧张起来，甚至感觉肩膀也僵硬了。是否要向她提出那个请求呢？正反两方在脑中像闪电般激烈交锋。那时的我大概满脸写着不安吧。

“对了，我……”像是要扫去自己的迷惘一般，我迅速抬起头看着她，“我最近在做一双鞋。”

或许是我看错了吧。

当时在我的眼中，她的周围好像架着一轮彩虹。

“真厉害，是给自己做的鞋吗？”

回答这个问题需要相当的勇气，我低下头说道：

“还没决定好……是一双女鞋……”

余光里可以看到，她小小地吃了一惊。

“可是怎么都做不好……”

那时，我丝毫没有余力去确认她的脸上到底是什么表情。

至于之后是怎么与她交涉的，我已经想不起来了，对话应该有两三个来回吧。深深烙印在我脑海中的画面是，她用纤细的手指脱掉装饰着缎带的高跟鞋的动作。左脚就那样毫不费力地滑了出来，没有发出一点声响。

她赤着脚。

光着的脚跟轻轻地放在长椅上面。

她的脚很细小。

或许是因为我的脚比较宽，以至于我开始担心那双小而窄的脚要如何支撑她的体重。

啊。

是女人的脚心。

面对那复杂的凸起与凹陷，我忍不住屏住了呼吸。不知为何，有一瞬间我移开了视线。太阳雨的雨水滴滴答答地落在凉亭内的地砖上，蹦起的水滴反射着光芒。

我看着漂亮的脚指甲。

那个瞬间，手指尖的感觉是那么强烈，好像神经突然集中到指尖那里了。视野中，我看到左手不由自主地伸了出去。指尖想触摸她的脚指甲，却踌躇了一下。

然后，碰到了。

她的脚没有什么特别强烈的反应，这让我放下心来，于是我用整个手掌碰触她的脚指甲。我断然不敢抬起头来，不过她的一言不发与一动不动也令人安心。我用左手握住她的脚踝，轻轻地抬起来。即便如此，它依然毫无反应。于是，我用右手贴上她的脚心。

干燥的触感，细腻的皮肤，我用指腹慢慢地确认着肌肤的触感。

很柔软。

感觉不到肌肉。

就好像一块精心制作出来的糕点。

我想一直握着不放手，如此质朴的欲望涌上心头。

我用左手继续托着她的脚，用右手从包里摸出笔记本、铅笔和三角尺，随后固定住她的脚踝，开始测量脚上各部位的尺寸。三角尺抵到了脚心的肉。女人的脚心和冷冰冰的塑料尺——这种搭配让我的内心莫名躁动。

我意识到自己手上的动作不再有所顾忌。

她似乎有些焦躁，脚心开始扭捏。我用右手克制住它。

我在长椅上摊开笔记本，握着她的脚轻轻地放上去，又从另一本笔记本里扯下几页，撕成细细的长条。

我用它们裹着脚的各个部位测量厚度。把纸条绕过脚心后交叉在脚背那一面上，看上去好像给脚绑了鞋带，这时她的脚趾微微动了一下。

那动静的意思是，感觉有些不对劲。

每次我用纸条绕过那白皙的脚，她的脚趾都会动。

明明下着雨，阳光却穿透下来。

它们穿过雨粒，看上去就像下起了光雨。

仿佛老天正在传达什么神谕。

伴随着我的动作，她也在调整自己的身姿。我还什么都没说，她就脱了另一只鞋，光着脚站在长椅上，用双手攀着木质的屋梁保持平衡。

我用铅笔在笔记本上描出她的足型。

“我呀……”她的声音从头顶上方直落而下，“不知从什么时候开始，已经不知道该怎么走才好了。”

我这才抬起头。她正低着头俯视我，和我对上了视线。

“你是指工作吗？”

“嗯……各种各样的事情。”

我不知该说什么好，只能低下头继续量她脚部的尺寸。

此时的我，还不知道用什么话语来回答她才合适。

我还什么都不知道。

关于社会，关于工作，关于人生，我一无所知。

关于眼前的这个人，我也一无所知。

工作也好，年龄也好，还有她的烦恼。

甚至名字。

即便如此，她的声音以及她的言语都是特别的，浸染在我的内心，收藏在存放重要记忆的地方。

尽管测量的工作已经完成，我却仍用指尖握着她柔软的脚心，许久未松手。

那之后约有十天连续放晴，气象厅宣布了出梅的消息，比往年提早了一个多星期。

19

刚进入暑假，我就被叫去帮哥哥搬家了。和他之前说的一样，他租了一辆带篷的轻型卡车，停在后门那里。我们兄弟二人把行李搬出来，堆在卡车上，再运到新的公寓去。行李仅仅是当前所需的东西，并不重。除了要卸下抽屉里堆满东西的一整只柜子外，其他东西没费太大力气。

哥哥的新住所在一幢老房子里，不过内部不久前刚翻新了，整体看着清爽。他的女友已经先一步让搬家公司送来了家具和行李（要是哥哥先搬进来，那可就麻烦了）。

这是我第一次和哥哥的女友见面。她瘦瘦的，个子比想象中的高，长得也清秀。我问了她的职业，没想到是演员。这样的人为什么会和我的哥哥交往呢？真是莫名其妙。

我留心别刮到墙纸和地面，小心翼翼地把柜子放好，总算能喘口气了。我也没摘下头上卷着的手巾，直接一屁股坐在粉刷一新的阳台上，咕咚咕咚喝起水来。哥哥的女友在旁边蹲下来，和我道声辛苦了，接着问道：

“你待会儿和我们一起去吃饭吧？”

“不好意思，今天我要打工。”

“咦，待会儿吗？接下去还要工作？”

我摘下头上的手巾，以示歉意。

“是的。而且，我在这里会打扰你们。”

“正好相反啦，往后我就得和他两个人过日子了，今天是最后的自由。”

总觉得好像在哪里听过这种话，我微微笑了。

“喂，我听见了哦。”

哥哥的声音从客厅那边传来。他的女友也笑出了声。

作为旁人听他们之间这种轻松的玩笑话，还挺欢乐的。

离开哥哥的新住所后，我乘坐地铁大江户线，在东中野下车，来到打工的中华料理店，在狭小的更衣室里换好工作服，然后像往常一样卖力地洗碗与接待客人。店里采用间接照明，我游走其间，一一接受点单。要是有客人拿不定主意，我便扮演热心伙计的角色，帮他们决定该吃什么。若暂时没有人要点单，我就去后厨那个昏暗的洗碗间里，忙不迭地洗刷着不停送来的油腻碗筷。正值初夏，又是暑假，双手能一直浸在透明的水中确实痛快，但连日劳作下来，也是粗糙得不行。我想找找家里有没有护手霜，未果，只好用护鞋油涂抹双手来止疼。人的皮肤也是皮革的一种嘛，应该没问题的，或许吧。

如果有同事想换排班，我会十分乐意去顶替他。结果，整个暑假里，我几乎每天都在打工中度过。在亲切地给一群上班族姐姐推荐追加菜品的过程中，或是在将脏盘子变成干净盘子的劳动中，我切实地感受到，自己正在一步步地向前迈进。总之，我需要钱。读专科学校的学费得一点点积攒起来，制鞋的工具和皮革也是一笔不小的开支。

我想买一些质量比较好的皮革，便揣上工资往皮革材料店走去，却因价格太高而败兴归来。对我来说，这样的循环也是家常便饭。一旦自己赚了钱，就会对物价变得敏感，就会去思考这样的价格需要用多少劳动时间来换取，就会去计算这笔开销占当前存款的百分之几。

赚钱真的是一件辛苦的差事。我那吊儿郎当的母亲和笨拙的哥哥居然每天都在上班赚钱，实在有点难以置信。

那个人又如何呢？

她并没有出门工作的迹象。

深夜打完工回家，我沿着铁轨漫步。新宿街头明晃晃的灯光跃上云端，看起来就像天空本身在发光似的。

一想到在我摸不着也走不进的地方发生着许多精彩的故事，我就会感受到自身的不完整。

我一直把她送的书放在包里，随身携带着。每次坐电车，我都会随机翻开一页，一路咀嚼着那些不明所以的英文。

同时，我也会在心里反刍她那暧昧的笑，那叹息背后的含意，那柔滑得令人吃惊的肌肤触感。

我想和她见面，但只要我仍会因这种情绪而感到郁闷，就代表我永远无法长大。

因此，我决心只竭尽全力去完成自己当下能做的事。

我是一台具有制鞋能力的机器。

不，现在的我还远远谈不上拥有这种能力，但我下定决心要获得它。

因此，每天夜里回到家中后，我都会在哥哥走后变得宽敞的日式房间里，坐在书桌前一点一点地制鞋。

我削好鞋楦。

把鞋楦放在坚硬的皮革上，用玻璃片划开皮革，细致地刨出脚底的曲面。

反复地修剪纸样，用制鞋的弯针仔细缝合，为之后缝合真的甲革做好准备。

每天每天，我都会这样一点一点地推进工序，就好像在漆黑的世界中，一边战战兢兢地迈出步子试探着脚下的地面，一边前行。

有能力做到的人就该努力去做到。

记得好像有人这么说过。

虽然话很简单，但我认为很正确。

通过制鞋，我前进着。

因为前进着，所以我能做出鞋来，某个人穿着它就能继续前行。

要是能形成这样的循环就好了。

就在这样的日日夜夜中，我迎来了八月，但这个月没有一天是从早晨就开始下雨的。接着，九月到来了。

20

九月一日从一大早就是大晴天，遗憾的是，我的身体状态也是绝佳。早餐吃了吐司、水煮蛋和咖啡后，我久违地穿上校服，准点来到学校，参加了那个名为开学典礼的莫名集会。至于台上的老师讲了什么，我当然一个字都没听进去，满脑子只有鞋。

开学典礼占了第一节课，第二节课是班会，需要大家提出课题，还发了实力测试的出题范围表。我几乎什么都没提，出题表也是瞥了一眼就塞进口袋里。

像我这样的学生也是挺可怕的，不管内申评价的死活，永远做好最坏的打算。暑假才刚结束，明明是第一天开学，我们居然从第三节课开始就正式上课了。我望着窗外，等待时间的流逝。到了午休时间，我晃悠着站起来，走出教室去一楼的小卖部买面包。

若说现在是初秋，还为时过早，晴好的日头仍残留着夏季的气息，教学楼中灌满了正午的强烈光线，看上去闪闪发光。操场反射着日光，路过的教室里，那些深绿色的黑板被照得一半成了白板。

视野中的每个人都处于暑假过后的兴奋状态。“好久不见”“暑假做了什么”之类的固定对白，伴随着击掌声脱口而出，随处可以听到。

楼梯转弯处的玻璃幕墙也有光线透进来，出现了棱镜效应，在地上形成许多七彩的光斑。

一切看起来是如此熠熠生辉，我纯粹觉得这样的景象很不错。我发现自己在不知不觉间对校园的风景变得宽容。

或许是因为决定了不再把学校太当一回事，所以我能容忍很多事情。

我把手插进口袋里，走过玻璃幕墙的转角。这时，佐藤从后面叫住了我：

“秋月。”

“哟，好久不见。”

我回过头去，看到佐藤弘美和松本，两人晒得一般黑。

“你们都晒黑了啊。”

“嘿嘿，因为去了好几次海边嘛。”

“说起来，你还是那么白啊。暑假都干吗了？”

“一直在打工。”

“打工？”

“一直？”

我们三个走在一楼的走廊上，聊着这一个半月都是怎么度过的。

“喂……你的高中生活也太没劲了吧，就是打工，做家务，打工，做家务。”

“那，第二学期开始就是上学，打工，做家务，上学，打工，做家务，对吗？”

“我偶尔会翘翘课，没事啦。”

佐藤回头，越过松本看向我问道：

“话说回来，秋月，你经常迟到吧？”

“没错！这家伙一碰上雨天，第一节课就不会来！”

“不巧，我得了一种下雨的早晨不能坐地铁的怪病。”

“得了吧！”

快到办公室的门前时，木质移门发出艰涩的声响打开来，我通过余光看到体育老师伊藤穿着蝗虫色的寒酸运动服，趿着一双廉价的拖鞋，发出啪啦啪啦的声音。

难得我心情好，没想到又见到了糟心的东西。

我尽量不去看他，径直走过办公室。

我是这么打算的。

此刻，突然从旁挥来一拳，狠狠地冲击着我的意识。

那并不是物理意义上的殴打，总之我的精神遭到了冲击。身旁出现了某种致命的、令人恐惧的东西，我的直觉拉起警报：快！现在！立刻！注意！

我抬起头的瞬间，擦肩而过的那个白色人影发出一声惊呼声。

那个人，那个女人抱着茶色的文件袋，跟在伊藤的后面。她有着极具知性的长相，留着修剪整齐的头发，穿着奶油色西服。

我像傻瓜一样张着嘴，一个字都说不出来。走在前面的佐藤弘美以迅雷之势折返，露出要哭的表情堵住她。

“雪野老师！”

“佐藤同学……”

“老师！”

佐藤弘美用饱含情感的声音无数次地呼喊着“老师”两个字。周围陆续有女生聚拢过来，在她的身边形成一个小包围圈。而我只是站在旁边呆呆地看着。

“佐藤，回头再说。喂，还有你们。”

伊藤冰冷无情地说道，拨开聚集起来的人群。

“对不起啊，各位。我会一直待到第五节课下课，可以的话到时再说。”

她说着，向聚集过来的女生们微微鞠了一躬，然后和伊藤一起走进接待室。我注意到她从我面前离开的那一瞬间，十分内疚地看了我一眼。

我一直愣在原地，松本的嘟囔传入耳中：

“小雪来学校了啊。”

当时我真是迟钝，才会有那样的脑回路，我首先想到的是——

原来她叫雪野啊。

仅此而已。这么一想后，我简直是大失所望。

我真的没想过会以这种方式知道她的名字。

我们来到空无一人的屋顶。澄澈的蓝天无限宽广，在它的面前，一切都是如此荒唐。雪白的积雨云翻滚鼓胀着。佐藤弘美靠着防坠铁丝网，抱着自己的大腿坐在水泥地上，垂头丧气，身体微微晃动着。

一颗黄色的网球像炸弹一样滚过来，不知是有人丢过来的，还是从球场上飞过来的。

松本捡起球玩了一会儿，突然往水泥地上砸去。球猛烈地反弹后窜上天。在我的眼中，它像是被天空吸进去一般越变越小，接着又像倒带一样，球再次越变越大。我心想着应该能接了，身体便条件反射般动了起来。我伸出双手接住球，手心传来球表面那毛糙的触感。

“你不知道小雪辞职的事？”松本开口问道。

“不知道。”我盯着球看了一会儿，出手扔回给他，接着说道，“我连她是谁都不知道。”

松本用单手漂亮地接住球。说起来，这家伙在读小学时是打垒球的。

“毕竟你们班的古文课是竹原老头教的吧……听说小雪和高三的女生们一直有矛盾呢。”

松本把球扔了过来。

我也学他那样单手去接，差点就脱手了，好歹还是接住了。我总算摸清了门道。

我一言不发地扔回去。松本游刃有余，几乎只用手指便接住了球，简直让人恨得牙痒。

“可是，不是雪野老师的错啊。”佐藤弘美维持着原先的姿势，“总之，就是谁的男友喜欢上了雪野老师，那又不是她的错，可是啊……”

球飞了过来。那一秒我以为脸会被砸到，赶快用手挡在面前接住了它。

“那个女生把气撒在老师的头上，联合全班的同学和老师作对，还去家长那里散布谣言，导致雪野老师无法来上课，可他们还是不依不饶。”

松本一甩胳膊，抓住了我扔过去的球。

“小雪就是人太好了，都到那份上了，不如报警算了。打官司也好什么都好。这么一来既能辟谣，也能曝光那帮无法无天的家伙。”

松本仿佛和我也有仇似的，使劲扔来一球。单手怕是接不住了，我又在千钧一发之际慌忙用手捧住。

我用双手盖住球，问道：

“怎么样的？”

“什么？”松本应了一声。

“她的具体遭遇是怎么样的？”

于是，松本和佐藤说了好几个事例，露出打心底里感到厌恶的表情。我只听了几句，就气不打一处来。那些人编造了一些带有性暗示的拙劣谣言，贴上真相的标签，在家长、学校附近和学生之间散布发酵，还给教育委员会和各方面机关寄送了满含恶意的大量匿名信。当事人被不断要求做出解释，渐渐感到疲惫。而那些造谣的家伙居然开始相信自己编造的故事，继而催生出兴师问罪的使命感，于是谣言的散布愈演愈烈，变得更加阴暗。那些最初以为只是恶意匿名信和谣言的人，在受到相似信息的轰炸之后，也渐渐开始认为："这么多人都在说，她本人恐怕真的有问题吧。"

总结起来就是这么回事。我一边听一边意识到自己正变得面无表情。

"我们都和伊藤老师他们说过好多次了，说这件事绝对有问题，事情在往错误的方向发展。"

我正准备扔球，手却在半空中停住了。

"但学校只是不想把事情闹大……甚至后来都不再听我们的意见。结果我们什么忙都帮不上……"

佐藤的声音越来越含糊，不用看也知道，她把头埋了下去。她的伤心让我也感受到疼痛。看到自己喜欢的老师遭受了那样卑鄙的恶意而一蹶不振，她想帮一把，却最终无能为力，这样的事实深深地刺痛了她。如果自己能再踏出一步，或许事情就会有不一样的结果——她感知到了这种可能性，为自己最终没有跨出那一步而懊悔不已。

至于我，甚至没有资格对佐藤说一句"这不是你的错"。毕竟在今天之前，我什么都不知道。明明发生在同一所学校里，我却一无所知，简直可笑。

佐藤弘美真的没必要自责。需要自责的应该是我。在自己触手可及的地方发生了如此重大的事情，我却毫无察觉，像个白痴一样碰见下雨就翘课，还摆出一副无赖的架势。我真的是傻瓜吧。身边的朋友为了他人而心痛，即便力量有限还是竭尽所能，反观自己，我想的净是怎么在雨天为自己的翘课找借口。

就是这样。

雨天，那个人无法去上班，只能一个人待在那个冷寂的空间里。她的内心正遭受着何种苦痛，稍微想想就能明白了，我却连想都没想过。

真是烦躁至极。

对我那贫乏的想象力。

对无法体会他人心情的自己。

我叹了一口气，颓然放下手。

“喂，怎么了？”

松本问道，不明白我为什么不把球扔回去。

我抬手把球一丢，问道：

“那些高三的家伙啊……”

“什么？”

“知道他们叫什么名字吗？”

21

穿过走廊的时候，铃声响了。傍晚的铃声仿佛在说，差不多该滚回家了。不知是不是因为文化部的成员没有热切地在开学第一天就开始活动，教学楼里几乎没什么人。

透过走廊上敞开的窗户，我俯视着校门口的圆形花坛，恰好看见那个被叫作雪野老师的人（我还无法把她和公园里的那个人联系在一起）抱着文件袋走向正门。夕阳洒在柏油路面和她的身上，铁门的影子被拉得长长的。

“老师……”

“雪野老师！”

好几个学生一边喊着一边跑向她。

看来这个雪野老师受到很多人的爱戴。我很熟悉她本人，所以能明白个中缘由。

然而，她不知如何迈步，只能停滞不前，他们的爱戴也无法帮她跨出步伐。

那是当然的。毕竟始终是教师和学生啊，二者之间有严格的分界线。要想跨过那条线伸手去拉对方一把，确实太困难了。

如果我是她的学生，或许也会在今天跑向她的那群人之中吧。

现实却并非如此。我是一个偏离正道的学生，不在乎逃学的后果，不会被学校的理论束缚，和她之间也不存在教师与学生这样的身份定义。

这样的事实似乎在怂恿我去做点什么。

今天这一天已经足够我思考了。所有线索像标准化产品的接合处那样严丝合缝地拼到一起。

早上化了完美的妆，穿上毫无褶皱精心保养的西服，然后去公园的长椅上独自坐一天。

这种状态简直不能更清楚了。

今天一定要去学校。她没有一个早上不是这么想的。

我仿佛能看见，在某个车站的月台上，她像是双脚被捆住那般跨不上电车，只能眼睁睁看着自动门关闭。电车滑出月台，空留她伤感的身影。

电车是上不去了，可要是回家，待在静悄悄的屋里又会胸口作痛，去喧闹的咖啡馆或家庭餐厅也很难受，她只好去公园的长椅上坐着。我深深地理解了她的这种心情。

她害怕自己孤身一人，但也不敢去触碰那个撇下自己渐行渐远的社会，最后便选择了界线模糊的第三个选项，去了公园的长椅那里。我真的体会到了她的心境。

面对少数过客，她感到有些紧张，独自一人干坐在那里，只是任时间流淌，一动不动地盯着天上渐渐变化的光影。

必须改变自己。必须应对状况。必须有所行动。

她的心中满是焦躁，身体甚至都要烧起来了，却不肯听话地动起来。

哪里也去不了。

就和处刑一样吧。

我想象着那种状态。

事到如今我才来想象。

“我啊……”

记忆某处掉出一块声音的碎片。

“不知从什么时候开始，已经不知道该怎么走才好了。”

不知怎么走路的人，哪里都去不了。

只能被所有的人和事物抛弃。

不过，我在这里，我知道她的情况。

我是一个要制鞋的男人。

人用脚走路，而我下定决心要与之息息相关。

——不。

我还无法大声地说出“我要制鞋”这种话。

我只是在不断摸索，希望能成为那样的人。

所以，并不知道这个方法是否正确。

教学楼二楼是高三的教室，我并不熟悉这条走廊。我没有遇到其他人。傍晚的天空泛着阴郁的紫色。我拉开陌生教室的移门。

踏入里面的瞬间，迎面是逆光，让我一时看不清里面有几个人。不过，从影子来判断，应该有两女两男。其中一个男人似乎练过摔跤，体格相当健壮。

“那家伙太低能了啦。”

“你好过分哦。”

“话说回来啊，祥子，你也太会见风使舵了吧。”

我不知道他们在说什么，但肯定不是什么好话。光是我听到的只言片语，便让人犯恶心了。不过，我倒也由此知道谁是我要找的那个人。

我拉开门走进去时，四个人都没当回事。当我绕开桌椅径直逼近时，他们才注意到我，继而停住嘴，这时我已经站在中间那个坐在椅子上的女生面前。

“干什么，高一的？”那个肌肉男问道。

我丝毫没理他，俯视着女生问道：

“你是相泽祥子？”

女生抬起视线。我确定，这家伙就是相泽祥子。

“你是谁啊？”

相泽祥子冷冷地问。我无视她的态度，继续说道：

“听说雪野老师辞职了。”

听到这句话后，相泽祥子板着脸别过头去，恨不得啐口唾沫似的说：

“关我什么事，那个不要脸的老太婆。”

在大脑理解这句话的意思之前，我已经青筋暴起了。那一秒，我的视野变得狭窄，眼前一片血红。身体比脑子先一步做出反应，我伸手打了相泽祥子一个耳光。

另一个女生尖叫了一声，僵在原地。相泽祥子坐在椅子上，剧烈地晃动了一下。那记耳光的手感迟了几秒才传到手上，我这才知道那一下的威力比想象中的大。

我的左眼下方突然吃进一记重重的冲击。那一瞬间，我失去了平衡感。桌椅相继倒下发出钝重的响声，之后我才发觉是自己的身体弄出了这么大动静。我仰面倒了下去，但还未感受到疼痛。

“干什么啊，小子！”肌肉男揍了我后吼道。那个不知叫什么的女生则不停地念叨着：“怎么了？怎么了？”

“你是什么来头？”肌肉男吐出几个字。我伸出双手把旁边的椅子扳倒在身后，借着反作用力爬起来。

我慢慢靠近那个肌肉男，凑近他的脸。这种自以为是的男人最讨厌扭头示弱了，这是可乘之机。我使劲冲着他的鼻尖挥出一记上勾拳。对方向后一仰。接着我身体一沉，借势闷头往他的肚子顶过去。

但我能做到的也仅此而已。对方并没有如我所想的那样被撞飞出去。他制住了我的突击，一把抓住我衬衫的衣领，然后一脚踢上我的肋骨。我疼得无法呼吸，想弯起身体，他却从上面硬是把我拎起来。随后，我被用力地扔了出去。对方接着招呼了我好几拳，把我揍到墙上。我想反抗，但脚步沉得抬不起来。我想揪住对方，对着他的肚子来几拳，但没打出什么气势。他应该真的练过柔道什么的。他脚上穿着室内鞋，伴随着声响踹在我的身体上。我好不容易才忍着没喊出来。那家伙不知踢了我几次，最后把我踢翻在走廊上。我的整个身体都感受到油毡的冰凉。

“去告诉老师吧。”那个不知名的女生说。

“祥子，你不认识他吧？”不知是谁说了一句。

“搞什么？难道你喜欢上那个老太婆了？”

庞大的怪物嘲弄道。

“真可怜，该不会被她骗了吧？”

相泽祥子仿佛是压轴人物，最后一个来到走廊，用可憎的声音说道。

我擦了擦嘴角站起来，这时才发现嘴里有血的味道。

“不过，下次她大概会正眼瞧瞧你吧。”肌肉男说。

我垂下眼睛，慢慢地呼着气。

“因为雪野已经不是老师了。”

我已经呼吸得够慢了，为何头盖骨内侧的压力还在不断上升？

“说得好。”

不知是谁的声音。

“那你可得谢谢我们啊。”

相泽祥子说道。这成了压垮骆驼的最后一根稻草。

我再次扑向那个肌肉男。不打女生，不打弱小的男生，算是我最后的尊严。对方轻巧地避开了我的攻击，一拳把我放倒，接着踢个不停。两个男生一起上阵，一个踢肚子，一个踢背部，我就像一只足球一样被踢来踢去。我刚想爬起来又被绊倒，似乎想让我别忘了自己是一只球。我为了保护身体而蜷缩着，这时，一股怪力又把我拖起来摔到墙上。他们似乎不喜欢用拳头，大概是想为“撞倒”或“绊倒”这类借口留个余地吧。我想揍他们，想把他们绑在一块，用尽全力揍扁他们。我攥紧拳头，指甲都要抠进手心里了，但拳头挥出去后没能打中他们。他们拧着我的手脚，我根本无法打他们。他们的膝盖和手肘却能趁机频频砸到我的身上，这到底是怎么回事？

啊啊。

脑海中迸发出一种情感。

体内像是被相机的闪光灯炙烤着那般，亮得刺眼。

闪着白光，一次又一次爆炸。

如果要用一句话来概括当时窜过脑里的闪电，那就是——我想要一把手枪。我活到现在从来没动过这种念头。

此时此地，我想要一把手枪。不是手枪也行，总之给我一个能爆炸的东西。

我的脑内反反复复经历着激烈的碰撞，身体却不知该怎样把它表现出来。

现在，我想不管不顾，立刻配合脑内的炸裂扣动扳机。

快来人教教我，要怎样才能把脑中的冲突抽离出来。

22

我肿着脸上了电车。原本多少担心同车乘客看到我扭曲的脸后会吃惊或怀疑，实际上并没有。说来我自己也不会一一注视身边行人的面孔。与其说不感兴趣，不如说是遵守着不成文的规矩——别盯着他人的脸看。原来如此，在不知不觉间，我也被这约定俗成的规矩束缚了，也算是一个小小的发现。

嘴里的血味让我觉得有点恶心。我在新宿站下车，在自动售货机那里买了一瓶矿泉水，去卫生间漱口。用手指在口腔内侧摩擦后，吐出来的水带上了淡淡的红黑色。

从东口出来，我混入新宿的人群。停下脚步仰头一看，被建筑物围起来的那块极度狭小的天空中，有乌鸦展翅飞过。几道光斜着划过Docomo时钟塔的顶端。厚厚的云层聚集在低空中，不过透过云隙还是看得到太阳。

等待着雨的降临。

我低下头，继续前进。

穿过公园的入口时，园内已经非常昏暗，深色里掺杂着草丛和树木的浓绿色。

我踩着小石头铺就的白色小路，脚下发出沙沙的惬意响声。走到目的地后，我停下了脚步。

熟悉的凉亭周围也开始笼上那层带着绿意的黑暗。那里空无一人。我看到一片树叶正从头顶上方飘落。

我沉默地看着那无人的空间，看了许久。我感到背后好像有光，一转身才发现，不过是日式庭园的石灯笼点亮了。

她不在。

因为没下雨吗？

我把手插进口袋里，盯着发光的石灯笼看了一会儿。其间，脑海中浮出一个或许称不上发现的发现。

这座凉亭是一个让人不必道破秘密的地方。

我转过身，往稍远一点的藤棚走去。花已经凋谢得差不多了，只剩一片绿色。而这片绿色也有一半已融入黑暗。

藤棚下面站着一道白晃晃的人影。

那个人转身时，鞋跟碾着脚下的小石子，发出细碎的声响。

我慢慢地走过去，在双方伸手也触碰不到彼此的距离停下来，直视她。

她露出微妙的表情，混杂着不安与困惑，似乎在犹豫是否要直直地看向我。某一瞬间我才意识到——

啊，是因为我的脸啊。

现在我的脸还是红肿的，明天肯定要变成淤青了。

我把事先准备好的句子说出来：

“雷神小动，虽不零，吾将留妹留者。”

这当然不是我创作的，只是从课本里找来的。

“没错，这是正确答案。”她轻轻地点了点头说道，“这是一开始我对你吟唱的那首和歌的返歌。”

雷神小动，刺云雨零耶，君将留。

这叫问答歌，是由一问一答组成的两首和歌，据说是柿本人麻吕的作品，但事实如何就不清楚了。女方问道：“如果下雨，你还会留在此地吗？”而对此——

“对此，男方回答：‘哪怕不下雨，我也会留在此地。’这首和歌收录在《万叶集》里。我从来不看课本，所以直到今天才发现这句。”

我说完，停顿了很久。我实在不想说出那几个字。我觉得需要把视线移开一会儿，然后小声嗫嚅道：

“雪野……老师。”

她用指尖拨开脸颊上的头发，微微笑了。

“真的很抱歉。我还以为你会注意到我是古文老师呢。我也以为学校里的人都知道那件事了。不过，事实和我所想的不一样，真的是松了一口气。你的眼里完全是另一个世界呢。我说啊，你的脸怎么了？”

“我学老师喝啤酒，结果喝醉了，从山手线的月台上摔了下去。”

“真的假的？”

“假的。我偶尔也会打打架。”

我笑了笑。

突然，轰隆隆的雷声传来，周围也出现闪光。我和她都条件反射似的抬头看去。云层越变越黑，以恐怖的势头覆盖上整个天空。一时间不知发生了什么，接着，光与声同时从天而降，大概是公园某处设置的避雷针把雷电引了下来。

顷刻之间，狂风扫过庭园的小河，水面摇曳出无数波纹，就好像静止的水黾（**注：水生半翅目类小型昆虫，栖息于静水面或缓流水面上**）群一齐出动似的。紧接着，暴雨像是一口气把水龙头拧到最大那般倾盆而下，头顶和肩膀都感受到了雨滴的重量。还没来得及躲雨，校服衬衫就已经吸饱了水，紧紧地贴在身上。落到地上的雨粒激烈地弹跳起来，甚至形成一层水烟。

小河上那座小石桥也遭受着大颗雨滴的轰炸。我们没有做什么商量，只是往同一方向小跑起来，越过小桥后飞奔进那座凉亭。

跑到屋檐下后，我们同时吁出一口气。哪怕是在这么糟糕的一天，这么狼狈的一刻，我们也出现了这样小小的默契，我心生喜悦。我们一边喘息，一边用手帕擦拭身体，不过基本没什么作用。两人的头发都湿漉漉地贴在额头上。

“我们像从河里游过来的呢。”

我扬起嘴角。这种想象真是美妙。在泛滥的河川里，两人全身心感受着水压，扑腾着游过去，终于到达对岸，长舒一口气……

没错，要真是如此，那确实太棒了。

结果我们放弃擦拭，欣赏起雨中的景色。应该不是台风来临，但这会儿怎么看都是暴风雨。风摇晃着树枝，每次甩回原位都叫人担心。天空仿佛猛兽一般低吼着。来势汹汹的雨粒落在凉亭上，沿着屋檐边形成瀑布倾泻而下，变成四四方方的水屏障。倾盆大雨落在小河上，雨滴在水面高高弹起。树叶在雨水的敲击下抖动不已。大风擦过池塘，雨帘一阵又一阵地扫过水面。

横扫而来的风也没有放过我们。我和她几乎同时尖叫出声。风神出鬼没，打一枪换一个地方，迅速消失在远处。

这就是暴风雨。

一阵微光在打湿的地砖上闪过，似乎是哪里劈下了一道闪电。她在长椅上坐下，脱掉浸湿的鞋，把脚放在长椅上。我的视线怎么也无法从那双脚上移开。她似乎觉得冷，用双臂抱着身体，双脚也是惨白惨白的。

“喂……”她小声问道,“要来我家吗？”

要冲入暴雨之中多少需要勇气，我和她一前一后，小跑着出了公园。

在山手线铁路下方的隧道口，两个撑着黄伞穿着雨靴的小学生嬉闹着，和我们擦肩而过。走到铁路下方的时候，我擦了擦脸，借机回头望了望天空。Docomo时钟塔被雨云笼罩着，看起来朦朦胧胧的。人行道的信号灯闪烁了几下后变成红色，红光渗入湿漉漉的柏油路面。

她的公寓位于错综复杂的小路入口，是一栋十层的老旧建筑。走进公寓大厅时，我闻到石料冰冷的气味，心中闪过一丝近乎乡愁的感觉。

她住在八楼。电梯门前竖着围栏，挂了一块“检修中”的黄色牌子。于是我们打开电梯旁的铁门，从设置在户外的开放式安全楼梯往上走。鞋子吸满了水，每上一级台阶，都感觉像踩在深深的水潭中。

来到她家门前时，我以为她会让我在外面等一会儿，先去整理房间，谁知她直接让我进屋了。

我走进玄关，看到里面是刷着白墙的宽敞一居室。地上铺着胡桃色的地板，屋子附带厨房，放着一只白皮沙发。房间整理得很干净，几乎没有杂物。角落里摆着观叶植物。落地窗外是一个小小的阳台，虽然摆了几盆盆栽，但都枯萎了。一下雨，盆里的土就浸满了水。

这里应该是一室一厅的户型，她或许把碍手碍脚的东西都塞进了里面的卧室。原来如此，所以她才会这么放心地让人进屋。

我在入口脱掉鞋袜，站在玄关的脚垫上踩了踩。她从里屋找出大致合身的宽松V领衫和针织长裤丢给我，让我去冲个澡。我老实地照做了。热水淋下时，被揍过的脸疼得要命。洗完出来，我看到自己的一身校服不知什么时候已经在烘干机里滚动着。

我回到客厅，她已经换上家居服。在她准备进浴室之前，我叫住了她：

“我能泡茶吗？”

“嗯……啊，但是放茶的地方……”

“我大致知道在哪里，没事。”

厨房很干净，是因为几乎不用才会这么干净。我每天都在厨房里干活，看得出来。

我迅速确认了一下四周，很快就找到了川宁牌的大吉岭红茶罐和茶壶。虽然没有茶杯，但有好几个不成套的马克杯。烧水壶是便于泡咖啡的那种细口壶。我打开抽油烟机的排风扇，把烧水壶架到火上。

身边有了火，哪怕只是煤气炉上的青色火苗，也能松一口气了。

这样一来，心情也稍微放松了，我那全职丈夫般的习性噌噌地冒上心头。

我自顾自地打开水槽上下的柜门，确认厨房用品的齐全程度，逐一检查罐头类食品，把边缘有些生锈的放在旁边，剩余的塞回原位。接着，我打开冰箱，把超过保质期的食物扔进垃圾桶里，将那些看不清保质期的瓶装调味料都翻进水槽里冲掉，洗干净瓶子后放进装空瓶的篮子里。至于大量罐装啤酒和巧克力箱子，我就暂且不管了。

冷冻室里除了冰，还有装在保鲜盒里的白饭和用到一半的什锦海鲜，以及连瓶一起塞进去的伏特加。开蔬菜柜需要事先做好心理准备，不过打开一看，倒也没有想像中的那么糟。我自作主张扔掉了明显不能吃的那些，还能剩下柠檬、生菜、洋葱、大葱和芹菜真是幸运至极。

我心想，接下来，有这些材料应该能做点什么了吧。

我自己也觉得奇怪，第一次到别人的家里，不知为何却把顾虑抛到了九霄云外。

现在有鸡蛋，有葱，有油，甚至还有冷冻的虾。

炒饭？行啊，我拿手。哥哥喝醉回来时，我要是做炒饭给他，就够他感激涕零了。不过，给女人做炒饭吃，可能有点粗犷。小巧精致一点的菜品会比较好。

——啊，对了。

我立刻打定主意，拿出菜刀、案板、碗和平底锅，飞快地冲洗一遍。我把冷冻的白饭放进微波炉里，按下开关，然后开始剁洋葱。我挺喜欢切洋葱的触感，很快就进入了忘我的状态。菜刀很锋利，一看厂商，发现是双立人牌的高级货。

在我做饭的时候，她擦着头发走出了浴室。看到我后，她突然停下了动作。

“我自作主张用了你的厨房。”

我说。

“没事，嗯。”她走过来瞄了瞄我手头的东西，“能做些什么？”

“也做不出什么大餐。”

“什么？”

“到时你就知道啦。”

她从里屋拿出一只折叠矮桌，放在空无一物的地上，然后从煤气炉上拿下烧开的水壶，泡上红茶，用马克杯装了我的那份，放到厨房的料理台上。

然后，她从烘干机里拿出我的校服，用蒸汽熨斗细心地熨烫起来。我一边做饭一边不时瞟一眼，她的手法真是精彩极了，让人怀疑她是不是在洗衣店里工作过。可熨斗能用得这么娴熟，为什么就是连煎蛋卷都做不好呢？

不过仔细想想，我倒是会做煎蛋卷，却不怎么会使熨斗。抓着衣服的接缝对齐或翻面什么的，干了一会儿就觉得肩酸背痛，或许是因为我对服装完全不感兴趣吧。也就是说，我和她是半斤八两。

我在厨房做饭，她在我的身后熨衣服，感觉这个状态还是挺棒的，多少接近我心中对幸福保有的印象。

我往平底锅里倒了油，把切碎的洋葱和什锦海鲜放进去，加入番茄酱一起煸炒。番茄酱过油后褪去酸味，呈现出鲜味。当番茄酱的红色变深时，我放进滤掉油的罐头金枪鱼。趁着加热鱼肉的时间，我又倒入了解冻的白饭，一边炒一边混合均匀。白色的饭粒慢慢被染成红色，此时再撒入盐和胡椒调味。水槽的碗里用热水浸着恢复到常温的鸡蛋。到了这一步，就是小孩子都该明白我要做什么了。

“蛋包饭？”

“对。”

“蛋包饭啊，好棒。”

她的声音从身后传来，好像小朋友那般雀跃。

我把茄汁饭盛进盘子里，彻底清洗了平底锅，接着往百丽的玻璃量杯里打入鸡蛋。鸡蛋一定要在平面上敲开。若是敲在容器的边缘上，蛋壳会混进去。我加入少许盐，把鸡蛋打散，然后倒入一点牛奶，最后在平底锅里溶了一块黄油，倒入蛋液。

在我的字典里，蛋包饭不该是那种半生不熟绵软蓬松的柔弱料理，蛋皮必须两面摊透，变得结实。我把茄汁饭放在蛋皮上，将平底锅的边缘抵着盘子，熟练地一颠，让蛋皮裹着饭翻滚进盘中。这时，身后传来掌声。

“你怎么会做这个呀？”

“我看着电视里的烹饪节目学会的，试了试发现其实挺简单的。”

我重新往锅里放入黄油，又做了一份蛋包饭，其间拜托她做了配菜。她在沙拉碗里放入掰碎的生菜和芹菜，做成简单的沙拉。酱汁都扔了，便用橄榄油、盐、胡椒和柠檬简单地调了汁。应该说，这种做法才是最美味的。

她把做好的沙拉分装进漂亮的玻璃小碗里，然后找出餐垫铺在矮桌上，再摆上勺子和沙拉叉。

“呜哇，”她惊叹了一声，“我多久没吃过这么像样的饭菜了。”

“这么可怕的话还真是张口就来啊。”

我们俩就这样坐在桌边，连一句“我开动了”也没说，一起默默地吃起蛋包饭来。今天真是发生了太多事情，各种情景在脑海里千回百转，但理不出头绪。压力不是一般的大，肚子也非常饥饿。

我用勺子的边缘戳破蛋皮。热气从里头冒出来的时候，她小声地叹了一口气，就好像打开了心里那个紧系着的结。我之所以做饭，或许就是为了听到那心结打开的声音吧。

吃完饭后，我们同时发出满足的叹息。她从冰箱里拿出一瓶冰麦茶，一人一杯咕咚咕咚地喝起来。

她说：

“我总觉得，蛋包饭应该是在奶奶家里吃的东西。”

“啊，没错，我家也是。”

“真的？”

“表兄弟们都聚在一块的时候，奶奶就会做一些小朋友喜欢的饭菜。”

“对，对。”

我们想到什么就说什么，聊得漫无边际，时间就这样滴滴答答地过去了。

没什么话题的时候，我就放松身体，发起呆来。

她也两眼放空看着天花板。我直接坐在地板上，斜倚着落地窗。地板软硬适中，落地窗的玻璃凉凉的，十分舒服。窗外，雨点噼噼啪啪地敲打着刷了油漆的阳台。我伸手划过玻璃，这才发现上头蒙了薄薄的一层水汽。或许是跟随着我们一同进来的雨的气息，还有两人的呼吸，让玻璃变成了这样。她站在厨房里，正往咖啡粉里注入热水，醇厚的香气立刻弥漫了整间屋子。

我深深地把香气吸进鼻腔里，像在做瑜伽那般悠长地呼出来。

太享受了。

此时我想的是——

现在恐怕是我活到今天最幸福的一刻。

23

此刻我的心变得十分柔软，从出生至今好像不曾这么柔软过。漂浮在这个空间里的沉默和些许热气，都让人觉得那么柔和。我或许是一个很难相处的刺猬，但此时想把温柔献给他人。

只要活着，人就会经历种种事情。在这之中，有些事可能会让人觉得生不如死。苦涩、后悔、屈辱，这些情感甚至给人带来翻江倒海、心如刀绞的痛楚。

我还没经历过这种遭遇，所以无法断言事实就是如此。

不过，想必就是这样的吧。我只能拼命想象这个人的心境，可再怎么努力，想象力还是完全不及现实。我不觉得再长大十岁，自己就能明白。或许想理解他人的心情本来就是不可能的。因此，“想去读懂她的内心”这样的想法实在太过轻浮，我说不出口。

可是，在她的身心遭到彻底打击的痛苦时刻，要是身边有人对她温柔以待，是不是就能给她一束希望之光了呢？如果有那么一个人，想待在她的身边，想温柔对待她，那就好了。虽然无法帮她分担那仿佛撕裂身体般的痛楚，但抚平那肿起来的伤口，减轻一些疼痛还是能做到的吧？之前我所做的，之后我能做的，不就是这样吗？

“雪野小姐。”

我想了想后说道。

“嗯？”

她刚泡完咖啡，十分自然地转过身来，就是听到别人叫自己时会出现的自然反应。这种自然的姿态让我暗自心动了一下。我接着说道：

“我喜欢雪野小姐。”

我看出了她的紧张。这是我第一次看着一个人的脸慢慢涨红，不过也是因为她的皮肤远比普通人白皙。脸红透之后，她的表情蒙上了一层忧郁。

她别过视线，像在寻找问题的提示。我则直视她，就那样坐在地上，背靠玻璃，直直地盯着她的脸。终于，她把视线落回马克杯上，伸手把它放到厨房里。

“不是雪野小姐……”她说，“应该是老师才对吧？”

这回，轮到我察觉到自己的脸色发生了变化，体温仿佛骤然下降。小时候发高烧，我曾被家人抱去医院。医生给我打了两针之后，身体退热的速度真是叫人吃惊。我回想起那久远的记忆，整个人一口气从头顶凉到脚底。

内心的温柔已荡然无存。我觉得自己的眼神正逐渐变得冷淡。

好吧。

我想。

原来如此，连你也成了这样吗？

用这种方式展开防御吗?

太令人失望了。

这位老师在没有靠背的木椅上坐下，视线稍微和我错开，望着阳台的某处说道：

“老师下周要搬家了，回爱媛的老家去。我很早以前就想好了。”

我依旧盯着她的脸，丝毫没想过要移开视线。

“我啊……”她的声音像是一种叹息，“是在那个地方学习如何成为一个能独立行走的人，即便没有鞋。”

说到这儿，“老师”沉默了。

一时之间只有雨的声音。

“所以呢？”我问。

她没有转过头来，视线始终钉在淋湿的阳台上。

“所以，一直以来谢谢你，秋月。”

她说道。

阳台上植物枯萎的花盆里已经积满水，听得见雨滴落在上面的声音。

我欣赏着那种声响，过了一会儿后站起身来说：

“谢谢您帮我熨衣服，我去换一下。”

我拿起叠好的校服去了换衣间。她只是转过身子说了一句“还没干……”，便戛然而止了，随后便恢复到之前的姿势。其实衣服已经干了。

我去换衣间穿上自己的衣服，把她借我的衣服细心折好，然后放到篮子上。回到客厅后，我拿起放在玄关旁的书包背到肩上。这一连串的动作完成得十分安静，连我自己都大感惊讶，居然能如此冷静而心无旁骛。令人吃惊的是，我心中已经觉得一切都无所谓了。

她依旧干坐在原处。

我看了她几秒。她似乎察觉到了，抬起头来。我趁机说道：

“打扰了，我回去了，各方面都谢谢您。”

我知道她的内心有了反应，一下子站了起来，但那时我已经转过身子。我打开门锁，推开钢制房门，一脚跨出去，然后关上门。我身后的那个房间变成了时间静止的罐头。

电梯门上挂着“整备中”的牌子。我打开钢制防火门，沿着设置在外墙上的安全梯往下走。混杂着雨点的风打在脸上，感觉很舒服，毕竟我的脸还肿着。

我的脚步声在台阶上回响，听起来好像钟声。我伸手抚过挂在铁扶手上的雨水，绕过楼梯转角。继续往下走了两层后，我来到转角的平台，停住了脚步。

从这个高度可以望见濡湿的美丽街景，还有凉风习习吹过。

我拂去扶手上的水滴，将双臂搭在上面，脑中浮现出种种回忆——

她将手肘倚在长椅背上一边吃巧克力一边喝啤酒的样子，夸张地说我做的饭有多好吃的样子，想忘也忘不了的那块带壳煎蛋卷，还有好几次令人心跳不已的话语。

对我来说，那些时而开心时而令人惊讶的记忆足以珍藏在心底，但对她来说，都只是毫无意义的过眼云烟啊。

若是如此，也罢。

就这样吧。

到了这会儿，情感的颗粒咕嘟咕嘟地冒了上来。

我下意识脱口而出：

“妹留者……虽不零，吾将留……”

是那句和歌。

如果你不叫我留下，我只能一走了之。

就在这时，上方传来好似物品破裂的巨响。是某种东西或是某人撞上了厚厚的防火门，再推开它时发出的声响。

有人踩着湿漉漉的台阶正往下跑，还有滑倒在地上的动静。

我就这么站在转角的平台上，支着手肘看着风景，听着那样的声响。

脚步声没了，取而代之的是从身后斜上方传来的急促呼吸声。

我转过头去。台阶上的人是她，头发乱蓬蓬的，家居服的左半边已经变得脏兮兮又湿漉漉的。我心想，她是摔倒了吗？

她踩着水走下楼梯，我转过身面对她。我抬起头径直看向她时，她停了下来。我背靠着扶手。

“我……”

“雪野小姐，”我打断了她，“请忘了刚才那些话吧，我……”

我直视着她的眼睛说道：

“果然还是讨厌你。”

我好像听见了她心碎的声音。

“一开始我就觉得，你让人很不舒服。”

我本想轻描淡写，但声音里渐渐带上了憎恶的色彩。我讨厌自己的这种语气。

我下意识地别开视线。我讨厌这么做的自己。我知道自己的面孔正变得狰狞。

“一大早就开始喝啤酒，还对别人说一些莫名其妙的短歌……”

声音快变成怒吼了。我咬紧牙关，尽管努力想克制，但感情自下而上喷薄而出。我紧盯着她的脸说道：

“自己的事情一句不提，却一个劲地套别人的话……”

雨仍在下。雨滴打在扶手的边缘后四处飞溅。我的脸很烫，想用那水滴来降降温。

“你知道我是同一所学校里的学生吧？这也太卑鄙了！”

一阵风袭来，吹起我和她的衣服。

“要是知道你是老师，我才不会说鞋的事情。”

我无意识地攥紧了拳头。

我往前跨出一步。

“你肯定想着，那都是小孩子的梦话，随便敷衍一下就行了。”

胸口里好似百爪挠心。

虽然不想承认，但我真的是一边吼一边噙着眼泪。

“你从一开始就知道我想做什么，我憧憬着谁，而这些念头只会消失在空气里，永远不可能实现。”

我的心被抓得支离破碎，话也开始说得不利索。一旦情绪失控，身体也会脱离管束，这是为什么呢？不只是愤怒，也不仅仅是着急，只能说是可燃性物质的爆炸，在不停地向外喷放。身体很难受，难受到把我撕成了两半，一半是痛苦的我，另一半则是观察着自我痛苦的我。

我看见她那近乎没有表情的脸上滑过一道泪水，不知那是为什么而流。我想象不出来。管她呢，我知道的只有自己的情感。

我继续怒吼：

“那你直接和我说啊，说我碍了你的事。”

她使劲摇了摇头，像是要挥去眼泪还是雨水。我根本不想知道她要表达什么意思，只是自顾自地说道：

“你明说啊，说小毛孩快去上学，说你讨厌我！”

我像一只管教不良的狗那样狂吠。

“你……你就一辈子像这样，把重要的话憋在心里好了！”

说到这里，她突然冲过来抱住我的脖子，完全就是撞上来的。我的整个身体感受到她的柔软。她用双臂紧紧环住我的背，像是被强烈的感情支配，自己也不明所以就付诸了行动。

我用力地推开她。想用这种方式让我闭嘴吗？我要把想说的全说了。

“你就孤独终老吧！”

被我推开后，她跌跌撞撞靠在墙上，很快恢复了平衡。接着，她抽噎着，再次向我扑来，仿佛不这么做的话，我就会逃走似的。

“我说，我说还不行吗？”

她抽泣着喊道。一个成年女人在我这么一个孩子面前哭得泣不成声，我不由得开始动摇。她这么一哭后，我也条件反射似的跟着哭了起来，整张脸都扭曲了。

“每天早上……”咽在心里的话语像决堤那样倾泻而出，她用这种语气不停叫喊着，“每天早上我都穿好西服，想着要去学校！”

说着这句话时，她的身体僵住了，似乎有什么记忆在脑海里一闪而过。

“可我好害怕，怕得不敢去。”

抱住我的双臂加重了力道，让人喘不过气。

“在那里，我……”

我的心脏快停止跳动了。

“对你……”

或许我应该继续听她说下去，但我做不到。已经足够了。

我抬起手，拍了拍她的肩，好像抚摸小动物那样轻柔，不让她感觉有任何责备的意思。

她突然吸了一口气，话说到一半就停住了。我感到那僵硬的身体渐渐松弛下来。她把体重完全托付给我，那势头像要压倒我一般。我使劲踩住地面，以免自己站立不稳。她还真是毫不客气。

接着，她放声大哭。

她哭得太厉害，让人觉得那纤弱的身体都要哭坏了。我脚底发力，拼命维持住站姿。这时要是摔倒可就太不像话了。

此刻，要想说句好听的话，就得靠自身品德或社会经验了吧。可惜我什么都不具备，所以好不容易憋出来的那句话充满孩子气，连我自己都失望透顶。

这句话是——

“你怎么鞋也不穿就跑出来了啊？”

24

我的故事到这里就结束了。

生活和周围的环境基本没有什么变化。每天打工，上学，做饭，制鞋，平淡的时光日复一日。

我几乎不怎么花钱，所以为了将来而存的钱正稳步增多。一想到只要赚钱就能增加未来的选择余地，无论什么活，我都会干得特别认真。这种从工作中获得的朴素实感或许更接近真理。

我不会再在下雨的早晨去公园的长椅那里，觉得自己已经不再需要那个逃避社会的地方。相比之下，我有很多必须思考和必须做的事情。好吧，我至今仍吃不消充满湿气的满员电车，迟到是家常便饭。

要说与过去不同的地方，也不过是我开始学意大利语这一点吧。不过，我还没想好要不要去意大利，只是查了许多资料后得出结论，假如要去国外做制鞋师的学徒，就该去意大利。总之，我可不想临阵磨枪。如果在不久的将来，我突然疯狂地想去意大利，那么我不希望语言成为自己打消念头的理由。

最近，松本和佐藤那对情侣没有来找我，似乎是大吵了一架。接下去会怎么发展，决定权在他们自己手中，不过我还是希望他们能继续在一起。因为我喜欢他们两个。我想看见自己喜欢的人满脸幸福的样子。这种理由简单到让人脸红，但我就是这么想的。

我没有联系哥哥，从他没有主动联系我来看，估计和女友的同居生活还挺顺利吧。原本没有血缘关系的两人突然生活在同一屋檐下，不可能没有矛盾，想必他们也在一点一点地磨合吧。这么做看似不起眼，但能解决好还是特别不容易。

说起来，离家出走的母亲回家了。我以为她终于和小十二岁的设计师男友分手了，事实却不是如此。她说自己厌倦了给人做饭，要回到每天有儿子做好饭的家里来住一段时间。我倒是不讨厌母亲的自说自话。我们爱自己的自由，也爱他人的自由。

和过去一样，我总是独自上路。

九月过去的时候，夏天的气息也随着夕阳渐行渐远，接踵而来的是秋意。黏腻的风带着一丝凉爽，晴天也变得清爽。漫步在新宿街头，有时会看到蓝天以Docomo时钟塔为中心，呈圆盘状展开。

偶尔碰上下雨，看到水洼中倒映着城市的灯红酒绿，我会感到很高兴。挂在车窗玻璃上的水滴流泻出光点，那样的光芒也令我陶醉。雨停之后，仰望着万里无云的青空时，照射在东京都中心楼群顶端的阳光也是那么美丽。也就是说，天气已经不会再给我带来忧愁了。

她——雪野小姐回到了故乡爱媛。我没有专程去为她送别。至于为什么，我也不清楚。我既不知道她的电话号码，更没问过她的邮箱地址。我们之间不是这么俗气的关系。

只是，倒映在积水里的天空也好，头顶上方展开的卷积云也好，蓦然瞥见的那摇曳的枫树枝也好，我总会从中察觉到某种气息。

在我一一留意这些事物的过程中，时间一眨眼就飞走了，转眼到了穿冬装的季节。我扯开洗衣店的塑料包装，取出学兰校服（**注：日本男性校服的一种。江户时代，日本将西服称为兰服，学兰指学生所穿的西服**）。时隔许久再穿上，有一种束缚感，觉得浑身不舒服，但我也不可能穿着夏装对抗低温。这就是所谓的“顾得头顾不了脚”吧。

期末考试又是考得一塌糊涂，不过只要我没挂红灯，老师也不会说什么。只要无人指责我，那就没关系。

寒假，我又疯狂地排班打工。身边的同学好像流行去参加补习班的冬季集训，我反正是无所谓。

冬日渐深，寒意慢慢变得浓厚。外出时身上的衣服一件接一件慢慢变厚，每当这时我都会想，那个人现在在做什么呢？

到了这个时节，我终于根据她的脚部尺寸制好了一双鞋。

浪费了好几块昂贵的皮革，鞋子终于完工了。我很想说这是一双令人满意的完美的鞋……但恐怕她穿上后走没几步，脚踝就会发疼吧。完成后，我才意识到自己掌握的知识太少，经验也不够。

要想再往上一级台阶，就只能求谁教教我了……我自然而然地接受了这个事实。我希望自己能明白，哪怕只是让我有了这层觉悟，也不枉做了这双鞋。

我把鞋装进四方的纸盒里，放在房间的架子上。将这双鞋送到她的手里……我丝毫没有这种天真的想法。费了这么大功夫做出来的东西，怎么可能轻易送人呢？

首先，我连她的地址都不知道。

就在我这么想的时候，不知是不是凑巧，我收到了她的来信。

“秋月孝雄先生，你好吗？”

信的开头是这样的，没有关于时节的问候，也没有前略。那不是用钢笔写的，甚至不是竖排，总之，没有一点古文老师的做派。

我一直在想，必须和你联系一下，但拖来拖去就拖到了现在。等注意到时，才发现已经是冬天了。回到爱媛之后，我再次觉得东京真冷啊。我并不喜欢那种冻到骨子里的冷，但还是很怀念它。我想起第一次在东京过冬，因为耐不住寒冷，还急急忙忙去买了一台燃气取暖器。

正在写信的我感到很紧张。为什么呢？因为我是一个几乎不写信的人。小时候，身边都流行相互写信，但我一封也没写过。我总觉得，从文字落到纸上那个瞬间开始，它好像就变得不真实了。而邮件只会用于事务性的联络，我也不喜欢打电话联系。我就是这么别扭的女人。

然而今天，不知为何我突然想到，对了，给你写信吧。我自己也觉得很不可思议，但又感觉十分自然，就好像看到树上掉下最后一片叶子时会想到冬天来了一样，那么的自然。要是没有产生这种感觉，或许我会一直拖下去，永远不会和你联络。

我有很多话没来得及告诉你。或者说，我觉得有很多。我的脑子现在还是乱成一团，不知道应该对你说些什么。只有一点，我觉得必须告诉你。那就是，遇到你的时候，我的精神正遭受折磨，以至于几乎丧失了味觉。

你肯定记得，那时的我总在喝啤酒和吃巧克力吧？倒不是因为我特别钟爱这两样食物，而是因为能感知到的食物和饮品只有这两种，除此以外，所有东西都味同嚼蜡。

不过，我至今还会常常想起你第一次做给我的饭团。要说令人吃惊，或许也没有那么令人吃惊。你做的饭团有确切的味道。不仅是里面的馅、表面的芝麻盐和拌饭料的味道，我甚至还能吃出白米淡淡的甜味。

真的相当不可思议。无论是大饭店里厨师做出来的饭菜还是口味浓烈的垃圾食品，在我的嘴里一概平淡无味，可为什么唯独你做的食物就会有味道呢？

回到爱媛后，我先在自己家里待了一段时间，然后租了现在的房子，搬出来一个人住。周围几乎只有农田，也没有路灯。要是自己没有车，晚上恐怕连家门都找不到。寂静的深夜，一个人待在屋里，我有时会一一回想你做过的那些菜品。用烤得脆脆的薄吐司片做的三明治，用樱花鱼松和红烧香菇做的什锦寿司，还有那带着古早味的蛋包饭。真好吃啊。全部有滋有味。对你来说或许是理所当然，我却惊讶至极。

你曾经开玩笑说自己有魔法之手，我却不觉得那是玩笑，毕竟真的就像魔法一样。

为什么会发生这种事呢？

认真活着的人做出来的饭菜就会有味道。我的脑中突然迸出这么一个结论。恐怕你不会喜欢这好似演歌的句子，我决定就此打住。

现在我每天都会做好便当，带去上班的地方，也会收看NHK的《今天的料理》节目，都是受到你的影响。我还想出一个好办法，能让做出来的煎蛋卷绝对不会混进蛋壳。你知道怎么做吗？只要把蛋液过滤一遍就好啦。你从来都能把蛋敲得干干净净，或许想不到还有这一招吧。

回到这里后，我又成为了一名老师，而且还是高中老师。

这是在我身上发生的另一件不可思议的事。从羽田坐飞机回来时，我还打心底里想，已经当够老师了，当老师太烦了。

可我渐渐觉得，再试一次也无妨吧。当然，那是因为我好像做不来其他工作。其实最近愿意当老师的人也在减少，以至于教员不足，所以我算是受人之托。不过，我会捡起一度认为死也不会再杠上的教师一职，连自己都觉得奇妙。

这到底是为什么呢?

说不定，都是你的错吧。

对了，说到你的错，确实有一件事得怪你。那就是，我在心里打定主意，等存够了钱就进入研究院，成为一名上代文学（**注:指太古时代到奈良时代为止的日本文学**）的研究者。也就是说，我要成为大学老师。

总觉得你或许会问:“还要当老师吗？”不过，大学老师最重要的工作是研究，教育下一代研究者只是附带任务（我是这么认为的）。研究者的工作就是研究课题，再把新的知识见解公之于众。

从大学开始，我就想做这样的工作。不，更准确地说，我一直留意着，不让自己陷入“我不可能做到某件事”的念头中，所以暗示自己不要对此产生兴趣。然后，我想了想自己可能会胜任的工作，就去考了高中教员的资格。

但是，我要成为一名研究者。

我想对着某个对象清晰地说出这个决定。

因为是你让我产生了这个想法，所以现在我要告诉你。

秋月孝雄，我时不时会在黑暗中突然惊醒。我在半夜醒来，在一片漆黑中睁开眼睛，注视着没有一点亮光的暗夜。我感觉自己刚刚躺着的床、房间里的地板和墙壁都消失了，屋里也没有一点声音，只剩我一个，所有人和事物都离我远去。我感受到黑暗中有无数双陌生的眼睛，焦躁席卷而来。在东京的最后那一年里，这种感觉如影随形。没有朋友，没有同伴，没有熟人愿意为我说句话。世上的所有人，世间的所有视线，都在灌注恶意。这就是当时我的感受。

每当这时，我都会去回想自己曾经见过的那些美好而令人心动的事物：深夜从阳台仰望，都心高层建筑上航空灯明明灭灭，显得异常庄严；还有渗入水雾的街头霓虹灯，饱含雨水摇摇欲坠的枫树枝，电车窗外从雨后的云间透出的光线，等等。

我在想象中把它们一一排列串联在眼前，用以对抗那些来历不明、试图将我吞噬的东西。

踩在公园石子路上发出的愉快声响，凉亭屋顶滴落的水珠的气息，还有那座藤棚，都会浮现在脑海里。而这些事物的前方，是时而坐在长椅上画素描，时而在我旁边舒服地打着盹儿的你的身影。

我总觉得是你为我挡住了那些即将吞噬我的黑暗洪水。这是为什么呢？

莫非你曾来到我的梦中帮助过我？

突然这么问，也只会平添你的困惑吧。那当然是不可能的。可对我来说，那是十分真实的感受。

你当然是为了你自己在往前迈进，不过，有时我会觉得你是在为了我而前进。时不时地，我会非常认真地考虑如此不可思议的事。

谢谢你一直看到最后。秋月，希望你每天都充满活力。温暖的季节快点到来吧。我会再给你写信的。

雪野百香里

东京下起初雪的那天，我收到了这封长长的信。

我来到那座公园，来到那座凉亭，来到那张长椅上，看完了这封信。连读两遍之后，我仔细地将它折好，塞回信封里，然后望着眼前的雪景。

夏天枝繁叶茂随风飘摇的枫树，现在已经掉光叶子，细细的树枝盛着细细的雪轻轻地摇摆着。

小雪落在河面上，很快被流水卷走消失了。

还有鸟鸣。

呼出的白气洇入雪景，流转消散，转眼就不见了。

就这样发着呆，我想了很多很多。

——雪野原来是她的姓啊？

我意识到这个问题愚蠢至极，暗自笑了。

我一直以为那是她的名字，原来我连这个都不知道。真是乱七八糟。我咧着嘴笑了很久。

我把下半边脸缩在围巾里，往前伸直双腿，闭上了眼睛。

一静下来，便感到脚底钻进一股冷气，大概是昨晚急速席卷日本列岛的大寒流之类的吧。不过，我的脖子上缠着围巾，双手插在口袋里，这点冷倒也不是扛不住。

映入眼帘的白昼之光渐渐掺杂着夜晚的暗红色。在这红通通的黑暗中，我试图在眼前描摹出爱媛县山中的飘雪。想必这雪此时也飘舞在她的身边吧。

我叹了一口气，睁开眼睛，只见自己的吐息慢慢地成了型，又渐渐散去。我拉过放在身边的布包，里面有一个结实的四方牛皮纸盒。打开盖子后，清冷的冬日空气包裹住了收纳其中的白色女高跟鞋。它们是诞生于此后留在我手中的唯一物品。

怀着祈祷般的心情，我把这双鞋放在了她常坐的那个位置上。

本书的写作得到了

制鞋专科学校Saruwaka Footwear College的协助。

借此机会表示深深的谢意。

在人生的十字路口，遇见最美好的未来。
进入毕业生的备考时光，开启追逐梦想的旅程。

◎原作：[日]新海诚

◎著者：[日]桐山成人

十字路口 in their cases

对未来感到迷茫，无法决定前进方向的海帆。对自幼儿时便离开的父亲，抱有仰慕之情的翔太。在天涯海角的两人，有着不尽相同却意外相似的经历。而不知从何时起，两人的人生发生了微妙的交集。站在两个不同十字路口的人，却因为大学入学考试这一机缘，令他们脚下的路重合了……

定价：35.00元

TIANWEN KADOKAWA 轻文学 Light Literature

TK 天闻角川

动画导演新海诚又一小说力作——

一场关于『孤悲』的清新恋物语

◎著者·[日]新海诚

◎译者·CLOVER

言叶之庭

以成为制鞋师为职业目标的高中生孝雄，某天在凉亭处偶遇一位比他年长的神秘女子一雪野。几次相谈之下，两颗年轻的心也渐渐靠近。然而就在此时，孝雄发现雪野其实是曾在自己所在学校掀起轩然大波并不得不离职的古文课老师……

定价：32.00元

天闻角川

轻文学 Light Literature

TIANWEN KADOKAWA

撩动万千观众青春情怀的恋物语，
新海诚亲笔撰写原作小说。

◎著者：[日]新海诚

你的名字。

在小镇里土生土长的少女三叶，因周围的环境和家传神社加诸的职责而心生不满，憧憬着能到大都市里生活。某天，她在睡梦中与生活在东京的少年泷交换了灵魂。原本素不相识的少年与少女，在时空奇迹的作用下产生了命运的交集，而唯一维系着两人的便是彼此的“名字”。

定价：38.00元

TIANWEN KADOKAWA

TK 天闻角川

图书在版编目（CIP）数据

言叶之庭 /（日）新海诚，（日）加纳新太著；林枫译. 一 南昌：百花洲文艺出版社，2019.1

ISBN 978-7-5500-3137-1

Ⅰ. ①言… Ⅱ. ①新… ②加… ③林… Ⅲ. ①长篇小说—日本—现代 Ⅳ. ①I313.45

中国版本图书馆CIP数据核字（2018）第269419号

江西省版权局著作权合同登记号：14-2018-0098

本书为引进版图书，为最大限度保留原作特色，尊重原作者写作习惯，酌情保留了部分外来词汇。特此说明。

出 版 者	百花洲文艺出版社
社　　址	江西省南昌市红谷滩世贸路898号博能中心Ⅰ期A座20楼
邮　　编	330038
书　　名	言叶之庭
原　　作	[日] 新海 诚
作　　者	[日] 加纳新太
译　　者	林 枫
出 版 人	姚雪雪
责任编辑	童子乐 杨 振
特约编辑	马佳林
美术编辑	何晓静 杨 玮
经　　销	全国新华书店
印　　刷	广州市番禺艺彩印刷联合有限公司
开　　本	890mm × 1240mm 1/32
印　　张	6
字　　数	124千字
版　　次	2019年1月第1版
印　　次	2019年1月第1次印刷
书　　号	ISBN 978-7-5500-3137-1
定　　价	38.00元

赣版权登字：05-2018-501

联系地址：中国广州市黄埔大道中309号 羊城创意产业园 3-07C
电话：（020）38031051　传真：（020）38031253　官方网站：http://www.gztwkadokawa.com/
广州天闻角川动漫有限公司常年法律顾问：北京市盈科（广州）律师事务所